大
方
sight

帝王之沙
三部曲

Mia Couto
A Espada e a Azagaia

AS AREIAS DO IMPERADOR
TRILOGIA

[莫桑比克] 米亚·科托——著　吕婷婷——译　闵雪飞——校译

中信出版集团 | 北京

图书在版编目（CIP）数据

剑与矛 /（莫桑）米亚·科托著；吕婷婷译. -- 北京：中信出版社，2023.10
ISBN 978-7-5217-5865-8

I. ①剑… II. ①米… ②吕… III. ①长篇小说－莫桑比克－现代 IV. ① I471.45

中国国家版本馆 CIP 数据核字（2023）第 123899 号

Copyright © 2016 by Mia Couto
By arrangement with Literarische Agentur Mertin Inh. Nicole Witt e. K., Frankfurt am Main, Germany
Simplified Chinese translation copyright © 2023 by CITIC Press Corporation
ALL RIGHTS RESERVED
本书仅限中国大陆地区发行销售

剑与矛
著者：　[莫桑比克] 米亚·科托
译者：　吕婷婷
出版发行：中信出版集团股份有限公司
（北京市朝阳区东三环北路 27 号嘉铭中心　邮编　100020）
承印者：　河北鹏润印刷有限公司

开本：880mm×1230mm 1/32　　印张：7.5　　字数：200 千字
版次：2023 年 10 月第 1 版　　印次：2023 年 10 月第 1 次印刷
京权图字：01-2020-0530　　书号：ISBN 978-7-5217-5865-8
定价：54.00 元

版权所有·侵权必究
如有印刷、装订问题，本公司负责调换。
服务热线：400-600-8099
投稿邮箱：author@citicpub.com

第一部梗概

19 世纪末,加扎国占领了葡属莫桑比克南部绝大部分领土。1895 年,葡萄牙殖民政府发动军事进攻,旨在解决与欧洲其他国家的殖民地领土纠纷,确立绝对的统治权。加扎国当时的国王名叫恩昆昆哈内(葡萄牙人称他为贡古尼亚内)。

战争期间,年轻的葡萄牙中士热尔马诺·德·梅洛受命统领恩科科拉尼的军事据点——它位于乔皮族(即葡萄牙人眼中的绍佩族)的土地上。恩古尼人的统治让乔皮人遭受侵占与屠杀。因此,后者和葡萄牙政权结成军事联盟。

在恩科科拉尼的据点里,热尔马诺爱上了伊玛尼,一位年轻的乔皮族姑娘。她由天主教使团里的葡萄牙人抚养长大。管理使团的神父叫鲁道夫·费尔南德斯,身上有果阿血统。

战争使伊玛尼的家庭陷入一连串悲剧:区区几个月的时间里,她的兄长杜布拉死了,母亲吊死在自家果园的神树上。只有当乐师的父亲卡蒂尼·恩桑贝和一个智力有缺陷的弟弟穆瓦纳图活了下来。出于同情,热尔马诺让他看守据点。

为了克服孤独,中士热尔马诺一直和参事若泽·德·阿尔梅达以及中尉艾雷斯·德·奥内拉斯保持通信。中士的朋友,意大利女人比安卡·万齐尼·马里尼,也来到恩科科拉尼拜访他。几天后,在反抗冲进军营的暴民时,热尔马诺被子弹击穿双手。冲在人群前头的正是伊玛尼心智不全的弟弟穆瓦纳图。危急关头,伊玛尼为了保护弟弟而开枪射击。随后,父亲卡蒂尼、伊玛尼、比安卡和穆瓦纳图赶忙把受伤的中士送往伊尼亚里梅河畔。那里有一家当地唯一的医院,能收治葡萄牙人。

第二部
剑与矛

帝王

人们带他远渡重洋,
那里躯体一如珊瑚。
于是,他忘掉了
骨骼的重负。

离开时
他没有踏上沙滩。

有人说,浪花会送他回来。
一些人战战兢兢,无所适从。
另一些人如释重负地叹气。

他们往他名字上撒盐
让我们唾弃关于他的回忆。

但是唾液
却堵在喉咙。

因为那个流放者
我们远离了
曾经的自己。

那个死人
曾经就是我们。

没了他
我们出生的时候
就不再那么孤立无援。

目录

1_ 第一章　阴沉的流水

9_ 第二章　艾雷斯·德·奥内拉斯中尉的第一封信

13_ 第三章　教堂底下的教堂

20_ 第四章　热尔马诺·德·梅洛中士的第一封信

24_ 第五章　跳舞的神

28_ 第六章　艾雷斯·德·奥内拉斯中尉的第二封信

34_ 第七章　夜树上的光果

39_ 第八章　艾雷斯·德·奥内拉斯中尉的第三封信

42_ 第九章　没有时间的年龄

48_ 第十章　热尔马诺·德·梅洛中士的第二封信

52_ 第十一章　偷窃金属的语言

56_ 第十二章　热尔马诺·德·梅洛中士的第三封信

61_ 第十三章　在子弹与箭矢之间

65_ 第十四章　艾雷斯·德·奥内拉斯中尉的第四封信

69_ 第十五章　女人—男人，丈夫—妻子

72_ 第十六章　艾雷斯·德·奥内拉斯中尉的第五封信

74_ 第十七章　热尔马诺·德·梅洛中士的第四封信

78_ 第十八章　无言的弥撒

86_ 第十九章　热尔马诺·德·梅洛中士的第五封信

91_ 第二十章　圣地亚哥·达·马塔的幻影

98_ 第二十一章　热尔马诺·德·梅洛中士的第六封信

104_ 第二十二章　斩首的蝗虫

109_ 第二十三章　热尔马诺·德·梅洛中士的第七封信

111_ 第二十四章　一滴眼泪，两重悲伤

115_ 第二十五章　热尔马诺·德·梅洛中士的第八封信

120_ 第二十六章　水坟

126_ 第二十七章　热尔马诺·德·梅洛中士的第九封信

132_ 第二十八章　神圣的错过

135_ 第二十九章　热尔马诺·德·梅洛中士的第十封信

140_ 第三十章　艾雷斯·德·奥内拉斯中尉的第六封信

142_ 第三十一章　病世下的医院

148_ 第三十二章　艾雷斯·德·奥内拉斯中尉的第七封信

152_ 第三十三章　国王的间日热

159_ 第三十四章　热尔马诺·德·梅洛中士的第十一封信

163_ 第三十五章　兀鹫和燕子

168_ 第三十六章　热尔马诺·德·梅洛中士的第十二封信

173_ 第三十七章　延期的新娘

179_ 第三十八章　艾雷斯·德·奥内拉斯中尉的第八封信

184_ 第三十九章　在世界上坍塌的穹顶

189_ 第四十章　　热尔马诺·德·梅洛中士的第十三封信

194_ 第四十一章　四个面对世界末日的女人

200_ 第四十二章　热尔马诺·德·梅洛中士的第十四封信

207_ 第四十三章　子宫里盛放的一切

214_ 第四十四章　热尔马诺·德·梅洛中士的第十五封信

218_ 第四十五章　最后的河

第一章
阴沉的流水

我不会说
沉默扼住我的呼吸，堵住我的嘴。

我缄默，我将永远缄默
因为我所说的语言属于另一个种族。

（若泽·萨拉马戈《闭嘴之诗》）

    一切都始于一声告别。这个故事从终结开始：那是我青春的终结。十五岁时，我坐在一艘小船上，把家乡和过往都撇在身后。然而，一个声音却在我耳边说，来日我仍会重蹈旧时的苦楚。小船载着我，离恩科科拉尼愈来愈远，离死去的亲人却愈来愈近。

    两天前，我们离开恩科科拉尼，朝着曼德拉卡齐的方向，直到河流的源头。葡萄牙人管那地方叫曼雅卡泽。同行的有我坐在船头的弟弟穆瓦纳图和坐在船尾的老父亲。船上除了我的家人，还有中士热尔马诺·德·梅洛，以及他的意大利朋友比安卡·万齐尼。

    船桨不停地拍击着河水。万般无奈之下，我们只能把热尔马诺·德·梅洛送往整个加扎地区唯一的医院。中士的手在事故中炸得支离破碎，而我就是罪魁祸首。我向他开了枪，为了拯救穆瓦纳图，他冲在人群前列，准备进攻只有热尔马诺一人守卫的军营。

我们急需赶往曼德拉卡齐。全国唯一的医生，传教士乔治·林姆在那里行医。瑞士新教徒精心挑选了医院的建址：靠近国王恩昆昆哈内的王宫，远离葡萄牙的统治者。

途中，悔恨积压在我的心头。子弹几乎毁掉了葡萄牙人整双手。多少次当他陷入痛苦的幻觉中，我帮他重新找回了自己的双手。我曾多少次梦见的那强壮的手指，如今全都消失不见。

一路上，我把脚浸在船底的积水里。水被染成红色。有人说，我们死于失血过多。然而恰恰相反，我们在血中溺亡。

☙

船在河上前行，迟缓而沉默，仿佛一只怠惰的鳄鱼。伊尼亚里梅的水过于平静。有时，我感觉漂浮的不是船，而是河流。我们在身后留下蜿蜒的银纹，宛若乔皮人大地上的一条水带。我俯身观察河底泥床上汹涌的倒影，像不知疲倦的阳光之蝶。

"那是水的影子。"父亲说着，把桨横扛在肩上。

他的两条胳膊搭在这偶得的梁上。我的弟弟穆瓦纳图把手浸在水里，卷着舌头，发出含混的音节，翻译一下是这样的："哥哥说这条河叫恩雅迪米。葡萄牙人改了它的名字。"

父亲卡蒂尼·恩桑贝迁就地笑了。他有别的看法。他说，葡萄牙人在开化我们的语言。而且，给河命名的人也用不着那么纯洁。就算是我们乔皮人，一生中也会改名。我就经历过这样的事，从"拉耶卢阿内"变成"伊玛尼"。更别提我的弟弟穆瓦纳图了。圣水流过他的身体，洗去原来的三个名字。他受洗过三次：第一次在出生时，他以"骨头"为名，纪念先祖；在成人礼上，他又有了"割礼之名"；入学之际，他被赐予"白人的名字"。

父亲回到正题：就拿这条湍流来说，我们为什么难以接受葡萄牙人的想法呢？他总结说，人们给伊尼亚里梅河起了两个名字，因为在同一片河床上流着两条河。它们随着光线更替：一条日河，一条夜河，从不同时流淌。

"向来如此，每条河都能轮到。现在因为战争，两条河并作一处。"

CR

在伊尼亚里梅和恩哈穆恩德的交汇处，有一个被树林和岩石遮蔽的小岛。我们在那稍做休息。父亲下令离船。不等船触岸，我便没入温和的水里，任由河流将我环抱，冲洗我的身体。我想起亡母希卡齐·玛夸夸的话："我在水下是鸟。"

人们口中的亡者是被埋在地下的人。但没有人会埋葬他们的声音。母亲生前的话依旧留存于世。几个月前，她吊死在树上，单单用体重就杀死了自己。她挂在绳上，来回摆动，仿佛夜晚永恒的心脏。

我们停留的小岛不光是驿站，也是避难所。在我们周围，战争点燃了整个世界。葡萄牙人倚靠着他的意大利朋友比安卡，说想找个阴凉的地方。人们委婉地告诉他，太阳早就藏了起来。他走了几步，跪倒在地。

"是她杀了我。"他指着我，大声嚷道，"就是她，那个贱人。"

大伙劝他省点力气。意大利女人给他喂水，用手掌兜水，冲凉他的脸。我很惊讶比安卡居然替我说话。她坚定不移地说，那颗该死的子弹不是我射的，是袭击军营的黑人射的。葡萄牙人坚持他的指控，毫不动摇地说我才是罪魁祸首，事发的时候他就站我跟前。意大利女人反驳说，我确实开了枪，但目标另有其人。她还说，如果不是那颗子弹，中士早就不在人世了，会被愤怒的民众害死。

"伊玛尼救了你，你该谢谢她。"

"还不如再给我一枪。瞄准一点。"

很快，他说话开始颠三倒四，高烧控制了他的神智。比安卡扶他躺下，之后冲我使了个眼色，叫我接替她的位置。我犹豫了，这时传来热尔马诺虚弱的请求声："过来，伊玛尼，到我这来。"

我不情不愿地照做。比安卡走了。葡萄牙人粗重的呼吸盖过了潺潺的流水声。我从袋子里取出老旧的笔记本，放到地上当枕头。中士很久之前就不用枕头了，代之以他那本破旧不堪的《圣经》，或是从记事本里撕下的纸。他完全能靠一张纸安眠。

但是这一次，他拒绝了这个冒充的枕头。他怪异地看着我，嘴里嘟囔着，抱怨说不想让我靠近。我说那我退下，他又剧烈地晃动双脚，像个心生怨念的孩子。"留下来陪我。"他提出要求。我再次乖乖听话。男人把头靠在我的大腿上。

我顿时呆滞了，任由他注视着我，甚至忘记了呼吸。我能感受到他炽热的目光拂过我的胸、脖子和嘴唇。直到他开口说话，那声音微不可闻：

"吻我，伊玛尼。给我一个吻，我想死去，死在你的嘴里。"

◌

这是积年的习惯：每逢旱季，祖父都会在那片干涸枯槁、死气沉沉的田里播种玉米，三个为一组。祖母叫他理智点，仿佛在比荒漠更贫瘠的生活里可以拥有理性。她的丈夫回答说：

"我播种的是雨。"

而我父亲作为一名出色的马林巴琴乐师，一向不喜农活。此时，在我们休憩的小岛上，他的手指如往常那般弹奏着沙子，仿佛万物皆是琴键。然而，那是由静寂谱写的音乐。这对一个懂得如何在河边倾听土地的人而言，不免是个令人绝望的消息。

但是已经没有人倾听土地了：各地的葡萄牙和贡古尼亚内士兵都在筹备最后的战役。他们最大的动力不是胜利，而是胜利的后续。先前的敌人奇迹般地消失，就像《圣经》里被纠正的过错。祖父播种着无望的种子。父亲用手指抚慰着地下长眠之人的睡意。

这就是我们时代悲哀的讽刺：当我们拼了命地想救一个白人士兵，几千米外却建起一座万人屠宰场。盲目的憎恶里，我们这些乔皮人最为无助。贡古尼亚内发誓要将我们灭族，仿佛我们是上帝后悔造出的蛆虫。我们仰仗葡萄牙人的庇护，但这种庇护也只限于葡萄牙和恩古尼之间的临时协定。

中士热尔马诺·德·梅洛就是从世界另一头过来保护我的人。小时候，我坚信天使就是蓝眼睛的白人。在我们这儿，浅瞳是瞎眼的标志。鲁道夫神父刚来非洲的时候，他没有正面回答我有关神的问题：

"我对这里的天使不太了解。有些人坚信他们长着翅膀，但只有没见过天使的人才说这种话……"

但我对一点深信不疑：我的天使就是蓝眼睛的白人。就像许多年后这位靠在我腿上的中士一样。胳膊上的绷带就是他破碎的翅膀。他是夜的信使，唯有在黑暗之中他才能记起自己身负的神谕，此刻正在他唇间沉睡的神谕。我遵从了他的请求，俯身贴向他的唇。

※

热尔马诺清醒了一点，不再怨声载道。他在我耳边轻声说："撕几张本子里的纸，铺在周围。我们来造张床。"

我缓慢地重复着撕纸的动作,正当我准备把它们铺到地上,我突然停手,心生犹疑:

"那你给长官的信要写在哪呢?"

"我没有长官。我是这支从没存在过的军队里的最后一个军人。"

从恩科科拉尼军营开始,一切都是谎言。甚至我的弟弟穆瓦纳图,一经假制服和假步枪的加持,都比热尔马诺更像个军人。

"我想他们可能把你忘了。"我试图安慰他。

"我早就接到指令,要我返回洛伦索·马贵斯。"

"那你怎么不去呢?"

"我不在非洲才是因为他们把我忘了。"热尔马诺说,"我留在这里是因为我忘了他们。"

"我不明白。"

"我是为了你留下来的。"

我听见杂草里传来脚步声。他们来找我了。我听见父亲轰走了来人:"伊玛尼在照顾葡萄牙人,离他们远点。"

人声和笑声逐渐远去,在黑暗中止息。

☙

回到船上的时候,其他人都在等我们。比安卡狠狠地长叹了一口气,表示对我的斥责。我们向萨那贝尼尼进发。它地处伊尼亚里梅沿岸,严格来说不算是村落。战争爆发后,几十个难民定居在葡萄牙人多年前建造的教堂附近。

来到河流的第一处拐口时,我们遭遇了骇人的惊吓,险些毁掉我们的旅程。一只发光的巨兽迎面漂浮。它划开水流,不声不响,却散发出万丈光芒,好似太阳的碎片。它像一头金属鳄鱼似的慢慢靠近,先是攻占了我们的眼睛,接着是灵魂。

"那是瓦穆朗布!"父亲惊恐地喃喃道,"所有人把嘴闭上,不许直视怪兽!"

不能正面遭遇这传说中的水怪,否则它会抽干我们的眼睛,吸食我们的大脑。我的弟弟祈求上天保佑,父亲万分小心地划着船,避免发出丝毫响动。千万不要惊扰那会招来猛烈的震动并降下暴雨的河神。我想,河流曾是我们的兄弟,它们编织水带,庇护我族。如今却与敌人沆瀣一气,化身为水上的毒蛇,一路蜿蜒而来。天使和魔鬼都通行其间。

那次可怖的相遇很快就过去了,然而一种不祥的预感却萦绕在我的心头。幸好,没有人注意到我们的存在。小船神不知鬼不觉地驶过。中士全程都躺在船上,白人比安卡也睡着,身上盖着一块卡布拉娜[1],以作遮掩。人们能看到的只有三个黑人。我平复了心情。我们怎么看都只是一艘当地的渔船,没理由会惹人怀疑,抑或是惊扰河灵。

当我重新睁眼,瓦穆朗布已在迷雾中隐去,我们长舒一口气。比安卡也适时醒来,此时还能远远地望见水怪。她仔细勘察,试图在水中异兽的围栏上寻找玉树临风的莫西尼奥·德·阿尔布开克。当船驶过拐口时,意大利女人突然大笑:"怪兽?那明明是战舰。"

那个让我们心惊胆战的家伙,不过是葡萄牙人为横渡南部河流建造的战舰。比安卡解释说。那玩意看上去熠熠发光,是因为在木质结构表面镀了锌皮。如此一来就可以保护白人军队,抵御黑人叛军的伏击。非洲士兵藏在岸边的丛林里,朝水上的驳船射击。对葡萄牙人来说,密林是无从入侵的禁地。只有当地人才能在狼群出没、巨根盘杂的密林里认出其中的小道。树根从树干上冒出,仿佛反向构造的建筑。这些道路由神意开辟而成,又在每次伏击后闭合。

---

[1] 一种非洲服饰。(本书脚注均为译者注。)

小舟非但划开了河流的表面，而且撕裂了稠密的寂静。中士周身只能听见苍蝇的声音，那些提前恸哭的哭丧妇。

那一刻，我们远远地看见岸边有男人朝我们挥手。父亲犹豫要不要停船。这可能是个陷阱。这年头不能相信任何人。来者一边继续挥动着手中的信封，一边呼喊着热尔马诺的名字。等我们靠岸，才认出他的身份：他是来自希科莫军营的信使，来给热尔马诺·德·梅洛送信。

第二章
艾雷斯·德·奥内拉斯中尉的第一封信

> 我们扛着没有扳机的枪,在破落要塞的城墙上,守着海关和宫殿,那里充斥着廉价而差劲的劳工。我们抱着双臂,注视着陌生人做着我们不能做的生意。我们每日盼着黑人来犯,我们时刻听着别人对我们这些非洲的外来者出言讥讽。这着实不值。
>
> (奥利韦拉·马丁斯,《巴西和其他葡属殖民地》,1880)

希科莫军营,1895年7月9日

亲爱的热尔马诺·德·梅洛中士:

别吃惊,我亲爱的中士:给您写信的是艾雷斯·德·奥内拉斯中尉。我虽然做不到及时处理,但仍在履行职责,回复您频繁的来信。听说您在恩科科拉尼军事据点遇袭,受了重伤。我还被告知您正撤往萨那贝尼尼教堂,准备转移到瑞士人乔治·林姆的医院。您应该知道那个林姆——他更像个医生,而不是传教士——让我们恨得咬牙切齿。这个医生本该好好照顾病人,可他却煽动当地人起义。这种人早就该被赶出葡属非洲了。

您别忘了,中士:到了萨那贝尼尼您就落到卡菲尔人手里了,尽管他们表面上是我们的朋友。但您是一名葡萄牙军人，您应该撤回希科莫军营，这里配有一名医生和一个医疗站。换作是别的长官早就下令惩处您了。但我暂时还是会睁一只眼闭一只眼。等中士回到所属的部队，就会知道之后的安排。我让送信人沿着您行进的反方向走，从伊尼亚里梅河的发源地走到河口。我敢肯定，这样一来这封信很快会交到您的手里，不用转交他人。

通过这寥寥几行文字，我最大的心愿就是向您保证：我一定会安排我们的中士尽早回国！您当得起这份待遇，就像我理应步步高升。我注定出人头地，只是可悲的阴谋让我疏远了领导层。派瓦·科塞罗、弗莱雷·德·安德拉德之辈仗着非洲老兵的身份，得到晋升。在安东尼奥·埃内斯看来，我在指挥作战方面毫无经验。葡萄牙正经受着"最后通牒"的耻辱，我们的统治遭遇无数政治、经济上的丑闻，日常成了人民肩头令人窒息的重负。这说明什么？说明葡萄牙需要英雄。我不明白，像我这般在短暂却丰富的军旅生涯展现出巨大才能的人，为什么没能得到像样的机会？

我说过，一旦我受到提拔，就即刻让您转移回国。但我得警告您，您只能一个人走。那个您在信里吹上天的女黑人必须留在莫桑比克。我不记得问过自己多少遍，一个卡菲尔人有什么值得中士对她另眼相看？但这不过是我多嘴，一句无关痛痒的吐槽。您大可放心，我们不会抛下那个女人。她会说我们的语言，可以为我们效力。等我们做好安抚工作，就会让她在恩科科拉尼军营安置下来。那里能纾解女孩对您的相思之情。因为那幢楼既是杂货店，又是军营。我们也具备那样的特性：鸭子和孔雀的混种。但它也有点像航海家初登非洲时在沙滩上矗立的石柱：证明文明莅临了这片黑暗横行的大陆。

最后，我想说，和您通信真是让我太开心了，我亲爱的中士。这次侥幸的相遇得益于命运的讽刺。您的信本应寄给若泽·德·阿尔梅达参事。

然而这位参事却对信件和电报深恶痛绝。阿尔梅达架着两米高的躯体，耸耸肩膀，眯起和他的大黑胡子形成鲜明对比的浅色眼眸，说："我才不看！"他这样解释："没什么新鲜的。洛伦索·马贵斯来的都是训诫，而内地来的都是麻烦。"

因此，替他回信成了我的职责所在，包括和王室特派员的通信。他到现在还以为是阿尔梅达参事在批复他的申请。我也因此偶然看到了您情真意切的书信，请原谅我粗暴的评论，我没想到这是出自海外省中士的手笔。慢慢地，我远离故土，和我亲爱的母亲天各一方，在您身上看到了那个可以倾吐失意的人。我们的通信并非错误，而是一对孪生的灵魂命中注定的邂逅。正因如此，我认识了你同行的旅伴：你热恋的伊玛尼和她的葡萄牙灵魂；女孩的父亲——卡蒂尼·恩桑贝，一个忠于葡萄牙国旗的乐师；伊玛尼的弟弟，尽管心智不全，却依旧效忠于卢西塔尼亚；最后，那个有趣的意大利女人，比安卡·万齐尼，罔顾伦理道德和天主教教义，为我军提供了温柔的服务。这些人都成了我在这片干旱的非洲腹地里的同伴。

我们两人确实天差地别。我二十九岁，是个不折不扣的保皇派。您比我小六岁，因为信仰共和被流放到莫桑比克。这是多么有趣的分歧：在非洲，我们栖身于同一个战壕；在葡萄牙，我们却隶属敌对的阵营。坦白说，亲爱的：如果共和党胜利了，我就从军队退役，永远离开葡萄牙。您被君主制流放，而我将在流亡中化身为君主制。

但我明白政治不能成为判断交友或断交的指标。我为一些党内同僚深感羞愧。我也认识不少反对派的军人，他们让我受益匪浅。人与人之间的分歧另有所在。虽然我不知道那是什么样的分歧，但肯定与政治无关。事实上，我们阴差阳错地战胜了那些分歧。我们之间的通信就是超越差异的标志。在这片大河奔腾的土地上，每一封信都是千里奔赴的舟筏。如果我是个诗人，我会说：言语跨越河岸，视边界为无物。不幸的是，所有这些想法都有惺惺作态之嫌，让我显得愚不可及。

　　此外，我期待能尽快在希科莫见到您。不要错失面前任何一个回归正途的机会，这是您的天性，您的命运。山雨欲来，您最好还是来和我做伴，总好过待在那个杀千刀的瑞士人身边。

第三章
教堂底下的教堂

不要远行。除非你本就幸福，不然定无归家之日。

（萨那贝尼尼谚语）

河流不光流过一寸寸土地。我们航行的这条河流还穿越烈火之地，那里由饥饿与血液耕犁。但这离我们行船的路线尚有距离：我们在密林间航行，战争对我们来说既遥远，又陌生。

最终，我们抵达港口，水流也平缓下来。我们来到萨那贝尼尼。岸边矗立着一座古老的教堂，午间阳光的照射下，它的外墙像是水做的。穆瓦纳图在水里艰难地移动，把船推往木制码头。

岸边立着一排柱子，上面挂着渔网。船终于停靠下来，船身碰上码头腐烂的木板，嘎吱作响。父亲笑了：那不是噪声，而是乐曲的序章。他轻抚船埠的木板，仿佛在梦中抚摸着马林巴琴的琴身。

"听见木板的哀鸣了吗，伊玛尼？那是树在呼唤她的女儿。"

在他意大利朋友的搀扶下，中士热尔马诺·德·梅洛匆匆下船。他踏上坚实的土地，感到一阵晕眩，因为河水早已进入了他的眼睛。他没精打采地看着那条通往房屋的小径。教堂四面环荫，看上去比河流还要古老。

"那就是医院？"葡萄牙人含糊不清地问。

距离乔治·林姆在曼德拉卡齐的医院的路途依然遥远。我们准备先在教堂的属地过夜,等到天亮之后再赶往最终的目的地。

虚弱的中士架在穆瓦纳图的肩上,拖着步子走在小路上。教堂荒废的阶梯七零八落地散布在山丘上。雨水和时间磨损了建筑的台阶。石板仿佛返回了起凿出土的地里。

我们在教堂门口拍手,以示尊重。我们不会像白人那样敲门。门已经算屋内了,房屋的边界始于院子。

没过多久,神父鲁道夫·费尔南德斯从暗处现身。我很多年没见过他了。整个童年我都跟着他在马蒂马尼教堂生活。神父教会我葡萄牙语的读写。人们都说,我和神父学会的是不再当一个乔皮族的黑人姑娘。鲁道夫·费尔南德斯老了,须发灰白,长乱蜷曲。他在破烂肮脏的长袍上揉搓着手。他认出我的时候,一边仰望苍天,一边激动地抱住我:"赞美上帝!伊玛尼,我的伊玛尼!看看!你都长成一个美丽的大姑娘了!"

等进了教堂,我给他介绍同行的人。神父和每个人都用力地握手,只有我的弟弟穆瓦纳图得到了神父的拥抱。神父最后才问候中士。热尔马诺·德·梅洛是个白人男性,还是一名军人,理应受到特殊对待。鲁道夫用力地敞开双臂,这才注意到对方无法回应。热尔马诺慌乱地摇晃着残肢,口齿不清地说:"没了……我的手没了。"

这些话传不到教堂外头去。但四壁之内,因为回声,中士虚弱的声音显得格外洪亮:"没了……我的手没了。"神父临时抱佛脚地安慰说:"不管白人黑人,受了伤都会来这里。此处看似是教堂,其实也是医院。"

教堂飘荡着一股霉味,墙皮渗出潮气。

"上次大水一直淹到这儿。"神父指着木梁上的霉斑说。他笑了笑,猜出了我们沉默中若有若无的责备。"我就喜欢这样,让河流冲洗教堂。"

祭坛上陈列着用老木头雕刻而成的圣像。神父摩挲着掉落的漆片,说:"木头不会死,能一直活。"

父亲笑了,完全赞同这番话。穆瓦纳图试图在身上画出十字,结果一阵胡扭,把手指都缠到了一起。他还称上帝为"阁下"。斑鸠在房顶的木檩上跳动,翅翼抽动着空气,犹如轻巧的鞭子。这时鲁道夫对着侧门喊道:"比布莉安娜,过来!看看谁来了!"

天井传来缓慢而沉重的脚步声:来的人一定穿着鞋。神父迅速打开大门,兴冲冲地说:"这就是我的比布莉安娜!到这来,我的孩子。"

逆光里出现了一个高挑、瘦削的女黑人。她身着红色的丝质长袍,脚上的军靴让她更显威风。

"比布莉安娜是神迹制造者,也是最好的巫医。没有她治不好的病。"

女人绕着中士转了一圈,说着一种混合了葡语、乔皮语和尚加纳语的语言。她声音低沉,像个男人。

"这个男人跟我过来。您碎掉了,灵魂都垂到脚边了。"

热尔马诺可能意识到了什么,跟跟跄跄地跟着女人来到后院。我跟上去搀扶中士,帮他们翻译。比安卡感觉自己被遗弃在男人堆里,于是也决定加入我们。

来到院中,这个奇怪的女主人从头到脚打量了我一番,盯着我的鞋直摇头:"你当自己是白人吗?"

我没有接话。比布莉安娜也没指望我的回应。她用乔皮语嘟囔说:"我认识一个穿鞋的女人,人们放火烧了她的脚。"

我退到一旁,因为她很快就忙于将葡萄牙人安置在园里的椅子上。她的手在热尔马诺的肩上长久地流连。她又嗅了嗅他的脸庞和脖颈,反复吐纳呼吸。比安卡感到恶心,背过身去。

比布莉安娜从口袋里取出女人的衣服,为中士穿戴。意大利人站在远处摇头,表示不满。连我都觉得这套程序颇为诡异。起初我还以为她是想让病人穿得比较宽松、轻便。然而事实并非如此。比布莉安娜有别的目的,就像她的预言暗示的那样:"男人统管土地。但掌管血液的是女人。"

女先知指了指自己和热尔马诺，强调说："是我们女人。"

中士打着盹，昏昏欲睡。女先知下令，让几个男孩把我们坐的船从河里搬过来。

"船就是这个男人的床。"她宣布说。

很快，一行送葬似的队伍，把装着热尔马诺·德·梅洛的小舟抬进教堂。小船被男孩们扛在肩上，一晃一晃的，肃穆得如同一具棺材。葡萄牙人惊慌失措，他抬起头，像是忍受着和我如出一辙的不安。他有气无力地问道："要带我走吗？"

他们把小船放在祭坛的石头上。女先知再次把男孩们召集起来，温声细语地给出紧迫的命令。灵敏的双手搜寻着教堂里的每个角落，从暗处收集猫头鹰的羽毛。女先知把它们铺在船底。

"带我离开这里，比安卡。"热尔马诺哀求道，"我的血要流光了。"

"明天你就到曼雅卡泽了。"白人安慰说。

然而无论如何，中士都镇静不下来。他用手肘撑着船沿，两眼发红，好像在对抗独属于他的黑暗。葡萄牙人说："黑人就是用这种方式杀死了我们的战马：割下它们的耳朵，在夜里放干它们的血。"

中士精疲力竭，不再说话。他躺在船底，片刻后，又连珠炮似的说："他们就这样屠杀了可怜的马儿。第二天早上，成千上万的苍蝇冲进马耳，顺着动脉往里钻，在内部吞噬它的血肉。最后，只消一个男人就能挪动一整匹马。"

意大利女人用手指梳理着中士凌乱的头发，捋平他的衣领，对着他的脸低语："明天，热尔马诺。明天我们就去瑞士人的医院。"

比布莉安娜讥讽地重复着欧洲人的话："明天，明天，明天。"

她轻蔑一笑，抬起下巴，让我翻译："这个白人恢复力量之前，都要留在这里，之后去曼德拉卡齐，一个以血为名的地方。曼德拉卡齐的意思就是'血的力量'。"

"天一亮我们就出发去曼雅卡泽。"比安卡反对道。她转向我,让我翻译:"把这句话说给那个黑疯子听。"

"小心说话,比安卡女士。"我恳求道,"那个女人听得懂葡语。"

"我就是想让她听见。"

比布莉安娜充耳不闻。她仰起脸,眯起眼睛宣布说:"那个白人不能走。"

她把手指插入虚空,就像箭矢扎进土里。比安卡绝望地举起双手,抱住头,不等我翻译完,就反对说:"我们就把他留在这种地方?没有合适的饮食,甚至连基本的卫生都保证不了?"

"我会给他食物的。"比布莉安娜反对说,"我们还有一条河,可以清洗所有的伤口。"

"告诉那个黑人,"意大利女人命令我,"我不喜欢她。告诉她,我不相信穿着红袍的女巫。告诉她,明天我们就会知道谁的话管用。"意大利人对着空气说了一通。黑女人比布莉安娜毫不理会欧洲女人的愤怒,她俯下身解开中士身上的绷带,小心翼翼地让血流进一个白色的盆中。但凡有一滴血渗进土里,都有可能中邪。

"不存在其他人的血。每一滴血都是从我们自己身上流出来的。"女巫医喃喃地说。

盆儿逐渐变红,我闻出血液中有铁锈的酸味。中士还是闭着眼睛。比布莉安娜往香油和马富拉果油里加入一撮灰烬,混合之后,涂抹在军人的伤口上。

治疗结束后,女人在红袍上撕出两道口子,穿着那双粗犷的靴子,绕厅室走了一圈。她把椅子和案台踢到一边。等场地空了,她从院里抱来一堆引火的柴草,把它们放在教堂的石地板上。意大利人突然感到不对劲,大叫:

"这女人疯了!她要烧了教堂。"

比布莉安娜张开双腿，两只脚分别跨站在火焰两侧，好像在加热内脏。她徐徐举起双臂，吟唱旋律。她开始表演男性的舞步，乐声变得更加有力。她高高抬起膝盖，又用脚重重踩地。她的背挺直又弓曲，像是在经历分娩。她的手扫过地板，扬起一片尘土。突然，她从头巾里掏出一把火药，掷入火中。干笑和火药的爆裂声在火焰里噼啪作响。接着她清了清喉咙，用沙哑至极的声音说：

"恶土无处不在。它撕裂喉咙，吞噬心胸，最后让整个国家都盲了眼睛。那种失明叫作'战争'。"

她手扶臀部，抬头挺胸，发出军令。她无疑是被亡灵附体了。从她体内出来的男性声音属于古老的战士。那个死去的军人说乔皮语，也就是我的母语。亡灵借比布莉安娜之口喊道："求求你们，我的先祖：让我看看你们的伤口。让我看看你们被切开的血管，残碎的骨头，破裂的灵魂。你们的血和那盆里的一样，红通通的，活生生的。"

比布莉安娜再一次绕起圈子，半是舞蹈，半如行军。她停下舞步，气喘吁吁，用靴子踩熄了火堆。她走近祭坛，手指穿过中士的头发，转过身来，悄声说：

"这个白人就快准备好了。"

"什么意思？"我忧心忡忡地问。

"他已经准备好失去他的胳膊，之后是耳朵，接下来是腿。最后他会变成鱼，回到运他们来到非洲的船。"

人们就是这样看待葡萄牙人的：他们是一群游鱼，来自远方的海。年轻人听从老人的命令，登上坚实的陆地，而老人却留在船上。那些人来的时候，四肢还连着躯干。随着时间流逝，他们逐渐失去双手、双脚、双臂、双腿。这时候他们就该回海里去了。

"做好准备，我的姐妹：那个白人很快就不能陪你了。"她说着，捏了捏我的手臂。

入睡后我梦见自己也是一尾游鱼，跟着热尔马诺在无尽的海洋里穿行。那就是我们的家：海洋。我可能是因为一阵轻微的晃动而醒来，却并非如此，我听见外面传来混乱的叫喊声，于是从床上起来，走到教堂门口。教堂外围着一小群愤怒的村民。人群中间有一个男人，被人扒光衣服，缚住双手，身上有遭到毒打的痕迹。

"他是贡古尼亚内的士兵。"有人喊道。

一些人嚷嚷着他是间谍，但大部分人坚持认为他是"夜客"，即受人委托暗夜奔忙的巫医。那个所谓的巫师全身都沾满红色的沙土，在我眼中宛若人形的土块。或许正因如此，他挨打的样子不会叫我过分心痛。

神父举起手臂，阻止了打斗。他询问了男人的来意。对此，侵入者回答说"想来看看女人"。愤怒的人群还没等听完他解释完，又落下一阵拳打脚踢。这时，可怜的男人已经没有力气反抗了。他不再是土块。不过尘土而已。

这时，比布莉安娜前来掌控局面。她把入侵者带到河边，叫人把他绑在树干上。男人无声地忍受着捆绑于树的粗暴，像一头等待大卸八块的牲口。他甚至没有闭眼躲避照在脸上的阳光。女巫——人们称之为"桑戈玛"——一声令下，树干和上面绑着的男人被一同扔进水里。在绝对的寂静中，水流冲走了那艘临时建造的船。

比布莉安娜说："你想看女人？那就去水里睁大眼睛好好看看吧，还怕看不着女人？"

第四章
热尔马诺·德·梅洛中士的第一封信

上帝没有造人,只是发现了人。他在水里发现了他们。所有生物都和鱼一样生活在水里。上帝闭上眼睛,方便在水下观看。这时,上帝隐约看见像他一样古老的生物。于是,他决定接管水下的一切活动。就这样他将河流卷进血管,把湖泊吞进胸膛。等到了草原,造物主又释放出吞下的一切。男人和女人倒在地上。他们在沙地上兜兜转转,嘴巴一张一合,好像在尝试说话,但最初的语言尚未诞生。他们出了水就不知该如何呼吸。他们感到窒息,逐渐失去意识。他们开始做梦。在梦中他们学会了呼吸。当他们第一次感到肺部的充盈,不禁失声痛哭。好像自身的一部分死掉了。确实如此:作为鱼的部分死去了。他们伤心落泪,因为自己已不再是河里的生物。现在,他们唱歌、跳舞,缅怀旧日。歌谣和舞蹈带他们回到河里。

(萨那贝尼尼传说)

萨那贝尼尼,1895 年 7 月 14 日

尊敬的艾雷斯·德·奥内拉斯中尉先生:

首先,感谢阁下费心给我回信,还派遣信使,跋山涉水,给我送来这

封鼓舞人心的信。

也许我的字迹难以辨认。连我自己都不知道,阁下,我是怎么写出这些歪七扭八的字符。我几乎没了整双手,也没了记忆,无法唤起过去经历的痛苦。书写对我来说尤为重要,当我握起笔时,便感受不到疼痛。阁下,我不明白为何我们对生有着这般无可救药的执念。我是说我自己,单单是脆弱不足以让我死去。

为了写完这封信,我勉力支撑,甚至写到手上流血。以我现在的状态根本无法正常使用双手,更别说用缠满绷带的手写字了。虽然我的字迹潦草,但我必须亲手写下这封信。因为,我希望用自己的力量,对您许诺助我返回葡萄牙一事表达无比的感激。我承认——请原谅我胆大妄为地对您直抒胸臆——若能带上我深爱的伊玛尼,我必定欣喜若狂。我的内心有两种欲望在撕扯。当我想到我会活下去,伊玛尼获胜;当我想到我会死,葡萄牙获胜。

事实上,如果没有那个女人相伴,我不确定自己是否愿意离开。我一收到信,就决定和您开诚布公,但也不希望冒犯到您:没有伊玛尼我哪都不去。现在我犹豫了。我最大的恐惧不是冒犯阁下,而是无法诚实地面对自己。实际上,如今那个女孩成了我的宿命,我的母国。这种感觉会延续到明天吗?那个黑女人也无私地爱着我吗?我会不会只是她远走非洲、远离过去的一张护照?

无数的疑问摆在我面前。我进退两难,但也只有我能做出抉择。我很清楚,强迫我独自回国,并非因为您一意孤行或不愿帮我。阁下您也无能为力。我能理解:在残酷的战争里,儿女私情该如何处置?一个无名小卒的风流韵事又会在军中引起怎样的非议?

阁下可能会问:我怎么会倾心于一个冲我开枪,甚至让我终身残废的女孩呢?我不知道该如何回答,阁下。这是她的错吗?我又真的清楚地记得过去的事情吗?

比安卡·万齐尼坚持说伊玛尼是无辜的。这个意大利女人当时就在杂货店，她确信射伤我的是暴乱的卡菲尔人。事实上，对那悲剧的一刻，我没有一星半点的记忆。我承认，阁下：我并不在乎真相。我心甘情愿地接受了意大利人的说辞，因为我已经放弃回想过去的事情。故事对我来说已然足够。也许这些信也只是一种捏造，假装有人在纸的另一头听着我孤独的呓语。

在高烧的幻觉里，我无法分清我是在回忆，还是在编造回忆。但是我记得途中某次休憩的时候，我和美丽的伊玛尼一起躺在河边。女孩用她的大眼睛凝视着我，她的眼睛大到盛下了全世界的黑夜。后来，我撕下旧本子的纸，铺在地上。"来，"我说，"躺到这些纸上。"她试图阻止我撕毁笔记本。"那你给长官的信要写在哪呢？"她问。她的低语带着一点挑衅和恶意："还是说我比你的长官更重要？"

我无法尽吐那个女孩对我的生命多么有意义。但就在刚刚，手上针刺般的疼痛让我不得不收笔。伊玛尼又一次打断了我。她说每句话时都低头看着地板。她抚摸着我残废的手臂，温柔而坚定地喃喃道："与其说手是由骨头和肉组成的，还不如说由空当构成。指缝、掌心，正是空当中，交织出了手势。"伊玛尼说，"手是手中缺的那部分。没了空当，我们既不能触碰，也不能抓握。连爱抚都不行。"她害怕地说。最后声音小到快要消失："以您现在所剩不多的手指，您会感受到更多的东西，远远多过有整双手时。"

这番冗长的说教令她羞愧难当，她匆匆为我的手腕换上河水洗净太阳晒干的布条。"您好多了。"她说。那份稚气未脱的乐观帮助我抵抗虚弱。

我想跟您说的就是这些琐事。阁下可能觉得这些内容无关紧要。对我来说，只有当收信人能对我经历的一切感同身受，这些事件才有意义。

此外，我想在信的最后向您说明：我必须要去瑞士人在曼雅卡泽的医院。往好里想：这或许符合卢西塔尼亚人的利益。我能在瑞士人林姆身边打探贡古尼亚内的宫廷秘事。自然，那些我见到的、没见到的，他们说给我听的、向我隐瞒的，我都会一一上报。

第五章
跳舞的神

时间伊始,世上河海皆无。大地上点缀着一些潟湖,它们是雨水短命的女儿。神见草木枯黄,牲畜干瘦,于是决定创造第一条河。然而,河流执意拓宽河道,逾越河岸。神第一次心生畏惧,害怕造物挑战造物主。他怀疑河流学会了做梦。做梦者会品尝到永恒的滋味。而那是神的特权。

神用纤长的手指,将河流悬在空中,缩短两头,截去河的源头和入海口。他以父亲般的小心翼翼,把水流放回地上原本的沟渠。河流失去了首尾,开始无穷无尽地扩展边界。两侧的河岸越来越远,进一步激发做梦的欲望。就这样诞生了海洋,众河之河。

(恩科科拉尼传说)

俗话说,生活是全能的老师。而我却从没有经历过的事情里学到了重要的一课。这些顿悟并非源于思考,而是在清晨苏醒时分的麻木中生发。今天,我发觉每次破晓都是一个奇迹。光线惊奇的回归,梦的气味仍在床榻流连,所有的一切都在唤醒我们无可名状的信仰。两天前,这场奇迹降临在一名白人中士身上。他叫热尔马诺,总是以雏鸟期待父母归巢般的热忱等着我。那一刻,我履行着母亲的职责,就着苦叶做的炖菜,喂他喝下玉米糊。当我把勺子送到他嘴边时,我意识到热尔马诺注定一生都要依赖他人。

饭后,他让我解开他腕上的绷带。我想给伤口透透气,热尔马诺说。事实并非如此,他想检查自己的残肢。纱布掉到地上,我的心也沉了下去:他只剩下五根手指,希冀其中几根还有望得救。五根手指。右手三根,左手两根。那时他问了我一个奇怪的问题:

"伊玛尼,我该怎么画十字呢?"

他睡着了。哭泣过后,甜蜜的倦意接踵而来。

午后,一群男人闯进教堂。他们奉比布莉安娜之命,又一次把中士抬进小舟。

"把我放回地上。"葡萄牙人坚持。但奇迹制造者有令,不能让病人在地上留下足迹。"你们要带我去哪?"睡眼惺忪的热尔马诺问,此时人们正小心翼翼地把他抬往河边。

"我们要办一场弥撒。"神父鲁道夫解释说。

"为什么不在教堂里办?"葡萄牙人不安地问。

"因为不是一种祷告。"神父回应说。

小舟稳稳地漂在伊尼亚里梅河上。葡萄牙人坐在船上,瞪着眼睛,看着几十个身着白衣的村民靠近。在一棵茂密的无花果树下,人们从教堂搬来寥寥几把椅子,比布莉安娜、神父鲁道夫和我的父亲卡蒂尼·恩桑贝坐在上面。意大利女人比安卡·万齐尼躲开河边的人群,坐在残破的石阶上。在漫长的进堂礼上,人们咏唱着动人的圣歌,尽管我一个字都听不懂。

比布莉安娜身着红色祭服,腰系白色腰带,跪在围得水泄不通的信徒中间。当她召唤先祖时,周围陷入绝对的沉寂。她照着无穷无尽的名单,逐一念出他们的名字,好似在家门口迎接他们。我知道在对待死者的方式上,白人和黑人有着本质的区别。我们黑人会和亡者打交道,而白人只和死亡打交道。安葬杂货店老板弗兰塞利诺·萨尔迪尼亚时,热尔马诺就体会过这种差异。那场告别仪式是在请求死亡允许他们忘掉亡者。

经过长时间的召唤，比布莉安娜把一个圣母像顶在头上，那是用石膏做的，身上环绕着纯白无瑕的飘带。人们沉默不言，匍匐在地。巫女走下山坡，抱着石像沉入河水。她往水上扔了一块花布，我们管那叫卡布拉娜。她说："不是我们在河里清洗。而是河在我们体内清洗。"

她把浸湿的卡布拉娜披在葡萄牙人肩头。中士先是起了一阵鸡皮疙瘩，接着一阵轻盈感占据了他的身体。

突然，意大利女人粗暴地在人群中开出一条道来。她停在神父身旁，冲他大喊，让他下令停下这场"黑人的狂欢"。鲁道夫安慰她说：这些流程和基督教的仪式相去不远。如果意大利人多点耐心，接下来的庆典会更加有趣。比安卡·万齐尼气急败坏地坐回残破的台阶，嘴里用母语哼哼唧唧。

女先知再次爬上山坡，走向林间的空地。人们在那里静候。她的衣物紧贴皮肤，在虚空中转动眼睛，之后摇摆身体，跳起一支诡异的舞蹈。她的舞步越来越振奋，像阅兵的军人那样雄武有力。女人的入魅感染了神父，他用手敲击起一本厚书的封皮。

"那是什么书？"比安卡问。

神父一边打着拍子，一边解释说那是瑞士人用土著语翻译的《圣经》。当地人叫它"布库"。比安卡极为不忿，声音都尖锐了："现在我们能把《圣经》当鼓敲了？"

"音乐是上帝的母语。"鲁道夫反驳说。

他补充说，天主教徒和新教徒都不理解这点：在非洲，神会跳舞。所有人都禁止奏鼓，都犯了同样的错误。很久以前神父就试图纠正这个错误。事实上，如果不让我们演奏巴图克，我们黑人就会把自己的身体做成鼓。或者更甚，我们会踏遍大地，震出一条贯穿世界的裂口。

水完全浸透了长袍精致的布料，紧紧包裹着比布莉安娜的身体。神父受到蛊惑的原因一览无余。女人双膝跪地，以极大的热忱吟诵，每个角落都回响着她的声音。她让我们所有人回想起河流和人类诞生的神话："时间伊始,世上河海皆无……"她一口气说完,最后做出预言:"这个白人将回归最初的河流,在里面学会做梦。"

整篇布道一气呵成。女祭司精疲力竭,拖着身子往河里走,河水没过她的腰身。她用手抓紧船舷,反复沉入水中,直到失去气息。接着她把水洒在中士的脑袋上,就像为基督徒受洗。等她回到岸上,她又一次高举双臂,翩然起舞。这是一个信号。刹那间,鼓声重新响起,人们跳上空地,跳跃、旋转。

出人意料的是,比安卡也加入了跳舞的行列,在比布莉安娜身边旋转。意大利人的手抱着黑人的屁股,两个女人就这样随着音乐翩跹。神父瞠目结舌地看着眼前的画面。他问:"比安卡女士您现在也跳舞吗?"

意大利人摇着头,泫然欲泣。她不是在跳舞,而是想阻止巫女,中断渎神的表演。但她很快放弃了,脸烧得通红,回到人群中自己的位置。她泪流满面,神父安慰她说:"您不明白,比安卡女士。这个让您难以忍受的仪式,是在保护您不被活活吞噬。"他还说:"这个世界上饿肚子的人,比面包还多,都想找到可以怪罪的人。"

这时,比布莉安娜回到船上,举起中士的手臂,就像对待一对寥落的旗杆。她又从船里取出几张纸,扔进河里,任其随波逐流,直到消失在视野里。没有人注意到,但水里漂着的正是中尉写给中士的信。艾雷斯·德·奥内拉斯中尉笔下的葡国文字如倒影般溶解在伊尼亚里梅河。

最后,比布莉安娜爬上河岸,趴伏在潮湿的地上。癫狂的人群推来搡去,都想看这个仿佛在亲吻大地的女人。她不是在亲吻,而是在像母鸡那样啄地。她的双手负在背后,看起来更像鸟类了。后来,我们才明白,比布莉安娜是在写字。她用自己的舌头,在潮湿土壤上划出文字的沟壑,以此象征热尔马诺无法使用双手。女人时不时抬起头,欣赏自己的杰作,好像画家拉开和画布之间的距离,以便看得更清楚。她吐出进到嘴里的沙砾。最后直起身来,指了指努力成果。大地上写着一个名字:热尔马诺。

第六章
艾雷斯·德·奥内拉斯中尉的第二封信

> 有人说,许多瓦图阿帝国里的部族,到了战场上都会成为我方弱点可怕的敌人。一个从贡古尼亚内的卡拉尔回来的人说,他目睹了一场一万五千人的阅兵,可称豪气冲天。那些信口胡说的人忘了一点,不是武装起来的队伍就叫军队,而且军事机构的协同一致和野蛮人的愚昧无知水火不容。
>
> (若泽·茹斯蒂诺·特谢拉·博特略上校,《葡萄牙在莫桑比克军事政治史(1883—今)》,1921)

希科莫,1895年7月18日

亲爱的热尔马诺·德·梅洛中士:

您应该听说了,我奉命暂时接管希科莫的皇家委员会,去执行一个几乎不可能完成的任务:劝说贡古尼亚内同意我方提出的主权条件。您应该知道的,条件有好几样:交出两位反叛的酋长;每年上缴一万磅黄金的供税;允许与白人、印度人和摩尔人在境内通商。我们还要求酋长批准在军事据点之间搭建电报线。贡古尼亚内反对,他说现代通信会冒犯其父亲和祖父的亡灵,他们都葬在这片神圣的土地。我们等待批准,这恰恰证明了我们的迁就是多么天真。我们愿意尊重原住民的习俗，但后来我们发觉，奸猾的首领利用了这种诚意。并非亡灵在困扰他，那都是军事战略上的考虑。贡古尼亚内十分了解远距离实时通信的价值。

您无法想象，从军事调往外交，我心里有多么遗憾。我承认，出于名誉考虑，军官的第一要务不是挑起战争，而是不惜一切代价规避战争。事实证明，加扎国王也不希望再起干戈，因为我们在他的老巢扩张了势力。我们确信贡古尼亚内会同意我们的所有条件，只有一项不行，但对我们却是至关重要的：交出反叛的马哈祖和齐沙沙。几个月前，他们吃了熊心豹子胆，竟然进攻洛伦索·马贵斯。

参加外交事务有助于我飞黄腾达——我注定出人头地。本着这样的信念，我同意协助若泽·德·阿尔梅达参事与"加扎雄狮"谈判。若泽·德·阿尔梅达参事拥有丰富的外交经验，和贡古尼亚内可贵的信任，成为此次谈判的长官。这一决定没有获得希科莫高层的一致同意。最强烈的反对声来自莫西尼奥·德·阿尔布开克，他甚至公开表示"我们就等着若泽·德·阿尔梅达丢人现眼吧"。莫西尼奥还写信给安东尼奥·埃内斯，抱怨没有选他和加扎国王谈判。他在那封信里的原话是——我通过一些不方便透露的方式得知了信件的内容："就算满盘皆输，也好过一味撤退，坐以待毙。"他还说："我自请执行那项任务，就算它艰巨得让人觉得愚蠢。"意见不统一真是叫人难过。我们不但与瓦图阿人冲突频频，内部还吵成一团，这事更严重。只有一个解决的办法，就是不在乎名望带来的嫉妒和争吵。面对眼下的危机，像我这样超然的灵魂才是明智的指挥所需要的。

我抱着对任务这样的理解，做好陪同阿尔梅达参事动身前往曼雅卡泽的准备。住处简直安全得不能再安全了：参赞部和贡古尼亚内王宫只间隔几百米。

王室特派员坚持让我们带上护卫队。我们没有听从命令。为了护卫队做做样子的保护，再惹出大兵和当地女人鬼混的祸事，就得不偿失了。就这样，我们准备了两匹骏马，从希科莫前往曼雅卡泽。路上我们多次停歇，我的马儿总是靠近我，仿佛有话要说。它黑棉花般的眼睛紧紧地盯着我，甚至让我有些乱了心神。我喜欢上了那匹马，甚至到了目的地，我还会大半夜起身，强忍倦意，只为再看一眼那双通晓人性的眸子。

我们入住参事宅邸后，等了比预想更久的时间。加扎国王没有出席第一次会面。他去参加葬礼了，传令官通报说。阿尔梅达参事问谁过世了。传令官回答说是国王的"某位母亲"。我强忍笑意。某位母亲？只有黑人才会这么胡来，我想。

最后，传令官转达了贡古尼亚内的邀请，希望葡萄牙国王能偕同诸位妻子访问加扎王国。参事粗暴地纠正说："国王只有一位王后。"卡菲尔人殷勤地表达了非洲东道主的关切，提出可以帮助国王补足空缺。又是一个让人贻笑大方的提议。我说这些奇闻逸事，是想提醒您警惕和那个女孩之间的恋情，她似乎偷走了您的审慎——亲爱的年轻中士，您没有意识到和那个伊玛尼结婚会有什么样的后果。您娶了那个黑人，就会摊上最麻烦的姻亲——整个非洲。娶一个黑人，我的朋友，相当于娶了整个种族。这件事我们就说到这儿，您的事一直让我惶惶不安，而我当前面临的困境让我自顾不暇。我还是回到我在曼雅卡泽的不幸经历吧。

之后在据点的日子足以证明任命若泽·德·阿尔梅达为谈判人是个明智的决定。第三天，加扎国王亲临我们在曼雅卡泽的驻地。若泽·德·阿尔梅达是唯一能让国王屈尊拜访的葡萄牙人。宫廷侍从多到无以复加，举行谈判的帐篷方圆五十米都有他们的人。帐篷搭在参事部附近，营造出一种安心的假象。四千多名卸下兵甲的士兵戍卫营帐，一眼望不到头。坐在前排都是重量级的大人物：国王、他的叔叔、议事和机要大臣。

此地有个有趣的传统：从来轮不到国王说话。一个不知名的发言人致辞问候，还呈上羊头以示友好。到这还不算谈判，只是欢迎仪式。但这也是一种示威。先声夺人可不仅仅在于数量庞大的军队。他们整齐划一的合唱比任何武装演习都更令我震撼。卡菲尔人狡猾地恩威并施。

后来，一个男人跳到帐篷中间——瓦图阿人管他叫"御犬"。他身量矮小，披着豹皮，头上围着一圈鸟羽。他全程四处东跑西窜，像狗一样狂吠。

那个失了人性的东西给我留下了深刻的印象，让我彻夜难眠。我在瑞士人乔治·林姆的报告中读到过这类默剧演员。医生多次试图拍摄这些"人狗"，但相片捕捉不到它们的形象。那一晚，小丑狂吠的样子在我脑中挥之不去。那个男人有着畜生的灵魂，不用像常人那般在人间疾苦和人心险恶里挣扎。折磨他的只有饥饿和干渴。这个不眠之夜里，我意识到这也是我的愿望：变成一条狗。生来就是为了蜷缩在主人脚边，昏昏睡去。抑或是变成一匹马，被忠诚的骑士爱抚。

第二天早上，会议连续进行了四个小时——您知道这在卡菲尔人的语言里叫班雅。我们在那里领教到对手狡诈的智慧。我的同僚经常怒斥贡古尼亚内粗陋不堪。然而，我却在他身上见识到一位卓越的谈判家应有的敏锐。我们迫切要求对方交还马哈祖和齐沙沙这两名叛乱者。对此，他不拒绝，也不反对，反倒建议我们联合搜捕逃犯。一旦搜捕失败，过错也不会落到他一人头上。他还抨击我们不够机灵：如果我们那么想抓逃犯，为什么还要大张旗鼓呢？追捕在逃的猎物，需要隐蔽的行动。贡古尼亚内又抛出一个论点，在我看来无懈可击：如果我们真的像反复声称的那样不想开战，为什么还要在领土边境囤积大量军队和火炮？酋长的亲生母亲因佩贝克扎内，也全程出席谈判。她说这么大的排场就为了抓捕两名逃犯，真是稀奇事。我得说明一下，这位太后娘娘对儿子影响巨大，是王国里最为位高权重的人物。因此，卡菲尔人称那位女士为恩科西卡齐，也就是女大人。

谈判即将结束的时候，我们彼此告别，我的马却突然冲进磋商的帐篷，剧烈地咳嗽，从鼻孔和嘴里吐出大量白沫。它没完没了地淌着口水，唾液溅到了在座的所有人。马儿把它硕大的脑袋靠在我身上，似乎想展示它肿胀的眼睛，和进驻眼中的死亡。马儿跪倒的样子几乎与人无异，它选择我陪它度过可怕的时刻。国王和他的顾问大臣一头雾水，但如同宗教仪式般肃穆。我的朋友，您应该知道这些黑人对马匹几乎一无所知。他们直接借用了英文中的"horse"为它命名。后来，一个在场的卡菲尔人趴伏在我的马上。他的身上挂满饰品，无疑是个卜卦者。他把手放在它的鬣毛上，用祖鲁语吟诵绵长的祷词。身边的人向我翻译了巫师的话：

"当你到来之时，我们没有名字可以给你。你带来佩剑闪亮的骑士。但你就是活生生的矛，迅疾如风，一跃腾空。你踏过的大地，都留下火的印记。"

还没等悼词结束，马儿就呼出了最后一口气。我再也没法留在空地上。我噙着满眼的泪水，远离了那场死亡，其中既有畜生的死，也有些许我自己的死。一个现役军人可以在公共场合哭泣吗？何况还是为了一匹马？

洛伦索·马贵斯的军事统帅说，这是我们和瓦图阿首领的最后一次谈判。时代不利于我们：怀揣殖民野心的欧洲列国都在虎视眈眈。因此，当我们在烈日下谈判，当那匹眼如人类的马儿死去，当一个矮小的男人嘶吼吠叫，两边的军队却在热火朝天地备战。因此，最后我想提醒您：在没有护卫队的情况下，您在河上航行已不再安全。你不该再走水路。倘若土地不受我们掌控，河流就更不属于我们了。陪同我们的安哥拉人说过，巨型水蛇会掀翻船只。我们的探子确信那是一种新式伏击：土著人会在河岸两边拉起绳索，安置在船只的必经之路上。对待这些隐患务必谨慎为上。您还是留在那里吧，直到我们准备停当，可以安全地解救您。

再见，我希望您能很快好起来。等您康复了，我相信您会用不同的眼光来看待这个世界。我们的灵魂不过如此：一种健康的状态。

此外，亲爱的中士，我要给您一个建议：不要用赞美惯坏黑女孩伊玛尼。这会让她丧失原本的纯洁和谦逊。我并不想承认这点，但黑人就是这个德性：您不能相信他们，因为他们很快就会被我们同化，然后变坏。这是无可奈何的事：我们鄙夷他们原本的模样，又厌恶他们变成我们的样子。上帝保佑，我相信您的说法，那个伊玛尼很快就不是黑人了。希望一切到此为止，只是您漫长人生中偶然而短暂的艳遇。

第七章
夜树上的光果

一个人若不是全人类，那便不是一个人。

（恩科科拉尼谚语）

　　我发现热尔马诺睡在小船外面。那船被抬到祭坛上，给中士当床。中士的血浸透了敷料。血迹斑斑的纸张散落在他的周身，看起来是他用来清理伤口的。但近看就会发现纸上有字迹，都是信的开头。中士一边写信，一边流血。
　　中士睡得很沉，让我感觉需要确认他的死活。我轻抚他的脸，感受他的温度，观察他的胸膛，确保他仍在呼吸。最后，我在祭坛前祈祷，后退着走出教堂。
　　我和意大利人同住一间临时的卧房。回去的路上，我遇见她在门口梳理长发。她没停下手上的动作，对我说：
　　"热尔马诺现在糊涂了，不记得发生的事。从现在开始只剩下我的说法：冲他开枪的是暴民。你什么都没做错，伊玛尼。"
　　"我不知道，比安卡女士，我不想撒谎。"
　　"没有人能欺骗一个什么都不记得的人。"
　　"但是我记得。"
　　留给我们的房间是一个军帐，里面只支了一张床。一盏煤油灯照亮了入口，另一盏地上的小灯在帆布上照出了翩跹的影子。意大利人一边收起梳子和镜子，一边说：

"你的父亲求我带你去洛伦索·马贵斯。"

这个令人震惊的消息让我难过得差点流出眼泪。但我佯装意料到了这个决定，而且无所谓。我强装同意，说：

"如果我父亲希望如此……"

"你会喜欢的，伊玛尼。难道你更愿意留在这片荒蛮的丛林？"

白人见我如此消沉，又说：

"刚开始你会不习惯。我这里只有晚上开工。你会成为夜的王后。你很快就会适应的。"

一阵神秘的微风拂过，煤油灯暗淡下来。让我痛苦的并非我在夜里的命运。我心心念念的是热尔马诺，是我们的分别。比安卡注意到我眼中的阴霾。

"现在我要你做件事。脱下衣服。"

"我基本什么都没穿，比安卡女士。"

"把所有衣服都脱掉，这里就我们两个，没人看得见。"

我犹豫地解开了罩衫和衣服。意大利人后退一步，拿起床头的灯，举到头顶的高度，以便更好地观察我。

"男人还没等碰到你呢就得发疯。"

她放下灯，轻抚我的臀部和小腹，一边自说自话，一边不断抚摸；她想知道白人男子在黑人姑娘身上想要什么。接着她坐了下来，露出耐人寻味的笑容。她倒要看看如果有人发现我们光溜溜的，睡在一张床上，脸上会露出什么表情。

"看到了吗？两个女人，而且还是一个白人和一个黑人。"

"我不喜欢谈这个，比安卡女士。"

她一边整理着衬裙的肩带，一边注视着我的眼睛，就像在照镜子。

"我一点都不想要这具身体。有些男人迷上了我,只是因为我是唯一的白人女性。而你,亲爱的,你如此美丽,却不属于任何种族,你做了什么?"

"我是黑人,比安卡女士。"我缩了缩肩,争辩说。

但我清楚我的身份特征是如何抹除的。整个童年,父母不在我身边。我一醒,神父就会盘问我的梦,抹去先前夜的口信。不仅如此,神父鲁道夫·费尔南德斯还会纠正我的口音,就像修剪狗的趾甲。我是黑人,没错。但这只不过是肤色的意外。成为一个白人是我内心唯一的职业。

这时,河边传来巴图克舞的声音。一群又一群人穿过镇上的小径。我走到门口。有人告诉了我一个惊人的消息:那根捆绑瓦图阿间谍的树干漂回了萨那贝尼尼码头。老树逆着水流漂回起点,绑在上面的人却不见了。树皮上的印记清晰无比,揭示了入侵者的命运,他已终结在了鳄鱼的牙齿之间。这一切只可能是比布莉安娜的设计。这也解释了躁动的原因:人们在庆祝那些庇护着他们的强大的神灵。

意大利人闭上眼睛,喃喃道:"那个女巫。"我告诉她我们不用这个词,更不会在夜里谈论这种事。但意大利人继续说:

"但大家都管我叫女巫。我一个女人,独身女人,一个人周游世界。"

身为女巫,她能轻松认出另一位女巫。比布莉安娜在空地跳舞的时候,意大利女人迅速辨认出魔鬼的存在。就在她抓上黑女人长袍的那一刻,其他手也抓住了她。都是女人的手。她认出了她们的脸,是那些死在她经营的妓院中的姑娘。但她还看到其他人的手,那些人给了她钱,被她称为"脏钱"。

"我跟所有人说,我因为爱情而踏上这段遥远的旅程。我说我爱莫西尼奥。但这些都是假话。我来是为了追回杂货店老板萨尔迪尼亚的欠款。"

我不禁想起了弗兰塞利诺·萨尔迪尼亚最后的时光:他那么温柔地送我回家,给我讲贡古尼亚内的故事,他因为禁忌之恋一蹶不振,前来讨要穆雷姆巴瓦毒药。最后,萨尔迪尼亚倒在血泊里抽搐,这一幕又出现在我的脑海中,他抱着一把步枪,露出溺死之人的绝望。他每晚都这样入睡,抱着他的老步枪。

"他们指控杂货店老板和英国人做军火生意?而我谁的生意都做,葡萄牙人、瓦图阿人、英国人、布林人。他们说我的手是金子做的?那再好不过了,上帝原谅我。"

她递给我一条蓝丝带,让我扎起她披在背上的头发。当我的手在她芳香的发丝间穿梭时,女人调暗了灯,说话的声音也低沉下来:

"真正的女巫不是比布莉安娜,而是你。热尔马诺完全被你迷住了。这件事必须到此为止。"

"结束?怎么结束?"

"我要带你去一个地方,那里没有妻子,没有丈夫,没有爱情,也没有婚姻。"

她从包里掏出一张相片。尽管照片起皱褪色,但仍能勉强认出一个又瘦又高的男人,背后有一艘船。

"这是法比奥,我的丈夫。"她喃喃说,宛若在为亡者守夜。之后她又从钱包里翻出六封信。"这些信是从意大利寄给我的。法比奥写的。"

她一丝不苟地收好旧照,又用意大利语哀叹说:"男人都一个德行,每个人都一样。"起初她还相信恋人的相思是真的。就像她在意大利偏远的小镇上,读起在非洲流放的爱人写来那些痛彻心扉的书信而流下的泪水一样真。但这不过是她的一厢情愿罢了。和其他白人男子一样,她的爱人忙于其他的乐子。其他的甜蜜放逐。比安卡·万齐尼又开始念叨起我的未来,她换了腔调:

"所以计划是这样的:我会把你打造成女王,白人男性都会争相匍匐在你的脚下。"

"如果我不愿意呢,比安卡女士?"

"你会愿意的,伊玛尼。你是一个聪明的女人,你清楚你的未来,要是和一个残废的男人在一起,那就是养了一个小孩,而不是丈夫。"

"如果我拒绝呢?"

"那我就提醒中士热尔马诺是谁开的枪,是谁让他终身残废。"

她闭眼躺下,又用葡萄牙语重复说:"男人都一个德行,无论在非洲、意大利还是地狱。"

我以为她睡着了,但我感觉到她在翻阅信件。煤油灯照亮了她的手,显得愈发白皙,这时,她碰了碰我的肩膀。"给我读信。别跟我说你不会这门语言。我知道你会。这是一封情书。"

我一个字一个字地辨认,跳过我不理解的内容,修饰我理解的部分。我读得又轻又快,生怕声音透过纤薄的帆布被人听到。也许意大利人不在乎,但在我们这儿,只有晚上才能讲故事。只有这样黑暗才能开心。所幸白女人很快就睡着了。

在我自己声音的摇晃下,我也陷入梦乡。我梦到祖父种在后屋的树。这树白天的时候枯瘦如柴,树影稀疏。等天一黑,它就变得硕大无比、枝繁叶茂。月光下,发光的果实一一冒出。它是一棵暗夜之树。没有第二个人见过它发光。只有我和月亮。

第八章
艾雷斯·德·奥内拉斯中尉的第三封信

但凡有人违抗我的命令，或者行事拖拖拉拉，都会立即招致海马鞭的严厉教训——我不想说狠话。如果一个黑人被判定为间谍，我会当着三百多个召集起来的布因热拉人和恩古尼人的面，处以枪决并当场焚尸。不要以为我生性冷酷，喜欢看土人血溅当场，或是爱看他们在鞭打下蜷缩痛苦。而是我知道，贡古尼亚内仍然深受敬畏，部分原因在于他每天下令杀人。因此，我也竭尽所能，引起围绕在瓦图阿国王身侧那般的恐惧。

（《莫西尼奥·德·阿尔布开克：从莫桑比克腹地到奢靡的欧洲宫廷》，安东尼奥·马什卡雷尼亚什·盖旺引用莫西尼奥·德·阿尔布开克的话，书工坊，克鲁斯克布拉达，2008）

伊尼扬巴内，1895年7月29日

亲爱的热尔马诺·德·梅洛中士：

谢天谢地我回归了军职。上头下令停止外交活动。现在我在伊尼扬巴内筹备一场将发生在马古尔平原上的大型军事进攻。待在曼雅卡泽让人难以忍受。不光是因为贡古尼亚内改变心意的可能性微乎其微，更是因为那地方到处散发着破败和晦暗的气息。

您不是抱怨说，您在恩科科拉尼的军事据点不像军营，倒更像是店铺吗？那么，若泽·德·阿尔梅达的驻地就是个滥发烈酒的酒馆。贡古尼亚内王宫里的达官贵人、后宫嫔妃、军事将领，都装成有事要开听证会。没过多久，你就看着他们握着酒瓶，跌跌撞撞地走出来。喝酒都不算什么。重要的是，那个当众喝酒的人变得与众不同颇为显眼了，因为享用欧洲的佳酿提升了社会地位。

曼雅卡泽的饥荒十分严重，就连我这样克制的人，都要靠大肆饮酒来忘记腹中的饥肠。终于，我们到了要向乔治·林姆求助的地步——我们的人等着吃饭，马儿盼着玉米。瑞士人给了我们四袋谷物。

"最可悲的，"医生评价说，"不是要交出食物，而是不知道食物是给人还是给畜生的。"

还有什么能比一个欧洲人说出这种话更让人感到耻辱？

我已将大致的内心活动分享给您，现在我必须告诉您，这不完全是一封私信，而是我在伊尼扬巴内那座可爱的城市里，利用新工作的间隙撰写的军令。我在信的开头就说过，马古尔的大战一触即发。这是我职业生涯关键性的时刻。高层的眼睛都盯着我看，我绝不能错过这个大显身手的机会。

闲话不说了，事情是这样的：我很需要您为我提供这片土地上的情报。这不是请求，而是上级的命令。无关我让您回国的承诺——这都是以后的事，现在先撇下不谈。这件事不一样。能否获取一手战略信息对我极为关键，最为重要的是贡古尼亚内或是那两个在逃酋长的动向。若我能比其他葡萄牙军官早一步探明情况，特别是莫西尼奥·德·阿尔布开克，我就能手握制胜的王牌，在上级面前长脸。我们之间的通信因此具有了公务和保密的性质。然而，您的来信可以，也应该继续谈论你私人的情感生活。它们都是注脚。当前的头等大事是让我手握王牌,平步青云,碾压我的政治对手。我一定会报答您的。我一旦得到晋升,您即刻就能被送回葡萄牙,决不食言。

第九章
没有时间的年龄

世界历史讲述了三天里的三场死亡。第一日，洪水滔天，所有生物都变成了鱼。就这样我的两个女儿被河水淹没。第二日，大火吞噬森林，白云游弋之处只留下尘埃和烟雾。河源干涸，河流旱死。这时，所有生物都变成了鸟。这就是发生在你母亲身上的事，还记得她停在树上吗？第三日，一场猛烈的暴风雨席卷了天空，带翅膀的生灵变成地上的牲口，遍布山峰谷地，直到认不出自己。这就是正在发生在我们身上的事，我们这些战争的幸存者。

（卡蒂尼·恩桑贝对女儿伊玛尼说的话）

厨师最欣慰的事，莫过于看见干净的菜碟，就像被猫的舌头舔过一样。经过饥饿的清理，神父鲁道夫手中晃动的铝盘就是如此。突然，这位修道士不再摇晃简易的扇子，评论他听到的一则谣言：有人说在萨那贝尼尼见到了因佩贝克扎内太后。

"只求她别想着来我们这。"神父低声表示。

与其说是荣耀，那位贵人的偶然到访不如说是危险的原因。神父希望教堂能够远离政治和战争。它可以变成一座医疗站，但绝非灰烬和死亡的领地。

"这件事您说得有道理,神父。"比安卡赞同说,"有时候战争里最糟糕的事就是打胜仗。葡萄牙人在马拉奎内赢了,却留下了二十多具尸首。他们要来复仇了。"

那时酷热炎炎,但更让我们感到窒息的是预知了一场临近的悲剧。战争无形的藤蔓将我们团团围住。我担心的是,要怎么在危机四伏的情况下,把热尔马诺送到瑞士人的医院。

"别担心,我亲爱的伊玛尼。"神父说,他又加了一句:"你那个白人还得在这留一阵。"

我们推迟了前往曼德拉卡齐的行程。安东尼奥·埃内斯召林姆医生去了洛伦索·马贵斯。没有人知道他什么时候回来。

众人陷入沉默,比布莉安娜收起餐盘和餐具,堆在水槽里。黑人每次走过,白人都伸腿拦住她的去路。比安卡没能绊倒比布莉安娜,恼怒地说:

"往人后面走。神父没教过你规矩吗?"

当比布莉安娜最终退回天井里的厨房,在阴影中消失时,比安卡严肃地说:"那女人穿的是睡衣。"

"比安卡女士,这里所有衣服都可以穿着睡觉。"神父不悦,反驳说。

"女人只能在家里穿这些衣服。"

"您不明白:家对这里的人来说就是周围的全部。"

欧洲女人旁观着这场闹剧,这时神父说:"比安卡女士,其实您惧怕比布莉安娜。您看见的不是人。而是一个黑人,一个女巫。"

"我担心的不是她,而是您。您已经忘了自己是位神父,忘了这里是圣地。"

"圣地?您知道我为什么在这吗?他们派我来萨那贝尼尼,就是因为这地方屁都不是。这是对我的惩罚。我告发了大人物肮脏的交易。"

"什么交易?"

"奴隶。"

"唉，我们得同意，神父，我们早就废除奴隶制了。"

"问题就在这，比安卡女士。它没有结束。夫人很清楚我在说什么。"

☙

那天下午，神父走进教堂时惊讶地发现三个男人站在残阶的最高处。陌生人自报家门：他们是马纽内，贡古尼亚内的将军兼顾问，以及他彬彬有礼的两个保镖。访客开门见山地表明意图是缺乏教养的表现。马纽内不在意这些虚礼，他也不绕弯子，宣告了此行的目的：他来带走那些女人。

"什么女人？"神父颤抖着问。

"比布莉安娜和那个刚来的白人。"

带不走人他们誓不罢休。陛下想要这两个女人。黑人，因为她掌控的力量。白人，因为他能从娶一个欧洲老婆获取的力量。神父急得快哭了，他哀求说："求求你们，别带走我的丈夫。"

使者们哈哈大笑。丈夫？他们没有计较：白人说的不是他自己的语言。他们亲切地纠正了神父的口误。这场语言上的纠纷暂时缓和了冲突。使者通融说：神父安排一下，他们过几天再来。到时候两个女人都要准备好上路。他们走了，消失在风景的阴影里。

☙

比安卡·万齐尼和比布莉安娜都不在教堂的庭院。神父抓住这个机会，告诉我和父亲恩古尼首领的到访和贡古尼亚内的企图。他拜托我们保密。没必要吓唬那两个受到威胁的女人。我们的身上压着稠密的寂静，打破它的只有父亲痛饮酒精的声音。神父有些恼怒，夺过父亲手中的恩索佩酒瓶问：

"您儿子穆瓦纳图哪去了？"

卡蒂尼看向四周空旷的院子，好像不是在找儿子，而是在找回答的语言：

"在哪闲逛吧……"

"在哪闲逛？现在可不是闲逛的时候。"

父亲没有作答，生怕又遭到误解。人们像谈论疯子一样谈论他的儿子：他在夜里游荡，哄野兽入睡，安抚它们的疲惫和饥饿。就这样他获得了动物的灵魂。

"那孩子还是那么迟钝，这是个不幸的事实。"神父克制地说。

卡蒂尼·恩桑贝无视对神父应有的尊重，克服对白人的恐惧。

"我们谈论的是我的儿子。"

他紧张得站了起来，一边绕着树打转，一边扒下树根上的老树皮，直到手指出血。

神父无视卡蒂尼的存在，对我说：

"你父亲正为把你送去白人的地盘高兴呢。这也是你的心愿吗：成为白人男性世界里的黑女人？"

一时间我以为父亲倒向神父是要揍他。这也是鲁道夫害怕的原因，他用手臂护住脸。然而，卡蒂尼·恩桑贝只是靠在神父身上，取回烈酒瓶，抱在胸前，坚定地离开了。

"你知道贡古尼亚内禁止饮酒吗？上个月他的儿子酗酒身亡，他就下令禁酒。"

"恩昆昆哈内管不到我。"卡蒂尼说，"第一个触犯那条法律的就是他自己。"

神父捋着长须，一时间忘了我父亲消瘦的身影。他把注意力放在我身上：

"我一直听别的黑人提起你。我得承认，我的孩子，你还不如当个白人。"

我身上遭人唾弃的种族可不止一个：我是白人的朋友。人们见到我，就像见到疯子或是麻风病人一样当面咒骂。

"最后，"他说，"你会嫉妒你那个不争气的弟弟所受到的鄙夷。"

还有一点，或许是最后他想教给我的最后一课。我们的大陆是一座岛，来的人都不会久留。就算再喜欢他们，我们也不该交出自己完整的心。

"敲门的人只是路过，你为他们开门，但要锁好自己的心。"

神父在说我对中士的感情，但也在说自己。世界之间的男人，边界上的灵魂。对于白人而言，他是黑人的相好；对于黑人而言，他只是个二等葡萄牙人；对于那些和他肤色相同的印度人而言，他谁也不是。他有着欧洲人的语言、信仰和作风。他算不上是叛徒，只是单纯的不存在。

"这就是这个世界可悲的法则：夹在中间的人两面不讨好。"

一个空酒瓶掉到地上，落在我的脚边。那是我的父亲回到我们身边，一言不发地坐下。他保持沉默，以此表达歉意。他的手长久地揉搓着膝盖，鼓起勇气说：

"实话说，神父。您的妻子，那个女人，叫比布莉安娜的，她说着这里的语言，但她不是我们乔皮族的女人吧？"

"卡蒂尼，这是什么问题！你会想知道葡萄牙中士是哪个部族的吗？"神父问。他又说："比布莉安娜来自女人的部落。如果你问她，这就是她的回答。"

◊

远方传来爆炸声，接着是枪声。群马四散而逃。之后一切恢复平静。

"现在会是谁开的枪呢?"神父问。

没有人知道答案。一场战争背后有多少场战争?一个国家藏有多少仇恨才会把自己的孩子送上死路?我猜测着远处传来的尖叫。毫无疑问那是女人的声音,但没有人听到,因为他们距离遥远,总是远在天边。神父疲惫地叹了口气:

"现在又在埋人了。"

两个男人开始喝酒。酒杯一满,他们就开始咒骂加扎国王:

"让他的孩子去死!尸首无人掩埋,被鬣狗分食。"

醉鬼犹如囚徒,创造出只有他们参与的时间。我感觉受到孤立,请求离开。但神父让我留下,他希望和我父亲一起澄清一件事。

"仗都打到家门口了,卡蒂尼兄弟。你不觉得是时候让伊玛尼知道逝者的真相了吗?"

"让它过去吧。"父亲说。

"不是河带走了你的姐妹。"神父说,"她们喝了有毒的井水。"

"谁下的毒?"我问,语气出奇的镇定。

"魔鬼干的。"神父回答说。

我的老父亲点头表示肯定。在之后紧绷而稠密的静寂里,一些微小的细节像是预示着什么:第一阵雨滴落下,那股看似大地散发出的味道实则来自我们内心原始的角落。女人无声的尖叫再次传来,尽管离我们甚远。

"都是前尘往事了,已经过去了。"神父一边说,一边安抚着内心。

"事情不会过去,"卡蒂尼说,"只会空得像这个瓶子。"

第十章
热尔马诺·德·梅洛中士的第二封信

……葡萄牙人作为伟大的土地征服者,没有多加利用,而是满足于在沿海一带榨取利益,就跟螃蟹似的。

(神父文森特·德·萨尔瓦多,《巴西史》,1627)

萨那贝尼尼,1895年8月8日

尊敬的艾雷斯·德·奥内拉斯中尉先生:

  阁下命令我给您当间谍,我马上就开始执行这项新任务,这就在信里向您汇报发生在萨那贝尼尼的一件怪事。昨天,因佩贝扎内太后,也就是贡古尼亚内的母亲出现在教堂。午后,瓦图阿尊贵的夫人带着一小支不起眼的随从大驾光临。那时,我睡得很沉,连喧闹声都没惊醒我的午睡。神父把王室访问安排在一座藏在灌木林里用锌皮和木头制成的棚屋。这个仓库值得解释一番。鲁道夫·费尔南德斯的初衷是在那里建一座印刷厂,生产宗教文本。老式排字盘和印刷机上只留下一些零散的纸张,放得到处都是。还有一个木箱,里面装着模板,像阅兵式里的士兵似的排列成行。神父就是想用这些工具印刷乔皮语的《圣经》,由伊玛尼翻译。但一切不过是美好的幻想。用她人民的语言翻译《圣经》的想法消散在空气中,如同油墨的气味。然而，那气味如此浓郁而特别，如今想来仍是一段在马科马尼的奇异回忆。

人们摇醒我，说来了古怪的客人。睡意蒙眬间，我在伊玛尼和神父的搀扶下，缓慢地穿过庭院，为即将觐见那位老夫人感到紧张。她对贡古尼亚内及其宫廷都有巨大的影响力。阁下应当知道，因佩贝克扎内太后不是国王的亲生母亲。他的生母刚刚过世，并遵从老国王穆齐拉的遗愿，裹着葡萄牙的国旗下葬。

这次突如其来的到访，阁下一定想不到，是因为我！因佩贝克扎内听说有位白人军官来到萨那贝尼尼，想要私下接见这个葡萄牙人。他们这才叫醒我，毕竟不能让如此显贵的客人久等。棚屋门前站着两名瓦图阿军人。他们是太后的护卫，身上没有什么军人的特质。二人在门口检查了我手臂上的绷带，点头放行。但不让神父和伊玛尼通过。

回廊深处坐着两个女人。太后头发整齐，戴着数条由彩珠串成的项链，手腕和脚踝也佩有镯子，格外引人注目。我遵照得到的建议，用对待国王的礼节向她致敬：

"拜耶特[1]！"我说，屈身行了一个并不标准的礼。

我承认，阁下，另一位女士吸引了我。她很年轻，罕见而端庄的美貌让她脱颖而出。我无法用言语来形容那位小姐：她肤色泛粉，亭亭玉立，面容姣好。我被那个黑女孩深深地迷住了，连太后都注意到我的失神，下令让她坐到后面，直至被角落的阴影遮挡。我用葡语无望地请求太后准许伊玛尼做翻译。那个美丽的女孩用我的语言回应了我，让我惊喜万分。她解释说这里的事极为隐秘。她说她叫穆佩祖伊，是加扎国王的姐妹，小时候在曼雅卡泽一所葡萄牙人建的学校上学。她用幽深的眼眸望着我，那双眼睛生来就是为了圈禁男人的灵魂。

---

[1] 意为"万岁"。

我方统区内的紧张局势引起了太后的警觉。两军在马古尔平原囤积了几千名士兵。她想知道我在军中身居何职。我表明自己是中士。两个女人迅速地交谈了几句，接着在各方面表露出敬意。穆佩祖伊兴奋地说，加扎国王在葡萄牙军队里也担任中士一职，因此，我当得起至高无上的尊重。她们混淆了中士和上校的军衔，后者才是卡洛斯一世[1]授予贡古尼亚内的荣誉。我没有反驳。但这次不同寻常的会面让我过度紧张，又像发烧时那样打起寒战。我的心脏在脉搏里清晰地跳动着，血液渗出绷带。我把滴血的手藏到背后。

"我过世的丈夫穆齐拉，是葡萄牙可靠的朋友。"太后说。那位瓦图阿的君主在幻灭中死去：有些承诺葡萄牙人自始至终都没有兑现。然而，这件事对两方来说都成立：非洲国王也有忘记履行承诺的时候。阁下可能会强调说这种遗忘是相互的。您很清楚这是人的天性：拥有记忆是为了忘却我们的过错。

太后向我投来审判的目光，警告我永远不要让她失望。我垂下脸，不是表示恭顺，而是一阵晕眩让我失去清醒。

"在这种年代，欺君可是要掉脑袋的。"太后威胁说。

我脚下的土地是神圣的，太后说。那片土地上生活着她的亡者。她事无巨细地描述着穆齐拉的葬礼。我听着久远而破碎的葬礼，不时失去意识：他们把穆齐拉的尸体挂在树上，让体液滴进宽盆。这些液体用来给土地施肥。

"我们死去是为了变成种子。"贵客总结道，她正了正发冠，但又好像没有碰到头发。她深吸一口气，继续说："我是太后，但首先是一位母亲。"

"男人，"她说，"接受战斗的教育。但他们不知，没有任何军队能比

---

[1] D. Carlos, 1863—1908, 葡萄牙王国国王。

一个保护自己儿女的女人更强大。"

贡古尼亚内，也就是她口中的穆顿卡齐，不是她的亲生骨肉，却是她最偏爱的孩子。她愿意不惜一切代价保护他。正因如此太后出现在这里：她想了一个保全国王的办法。这个计划也会在全世界的注视下，挽救葡萄牙人的生命和荣誉，使其成为外界眼中唯一的赢家。只有那些败者才会否认这场胜利。因此接下来的几百年间他们都会以另一种方式庆祝这次凯旋。

太后俯身，像是要告诉我一个秘密。美丽的穆佩祖伊也学着太后的样子，用唇贴近我的耳朵，翻译因佩贝克扎内的低喃："好好听我说，把自己当作我的王儿。"

紧要关头，我却感到身后血如泉涌，淹没了地板。我听见她说起桑切斯·德·米兰达，在他们的语言里他叫马凡巴切卡，意思是微笑的行者。然而我已流尽了血管里的血。我试图张嘴呼救，但吐不出一个字。世界遁入黑暗，我倒向自己的血泊。

阁下，我无从得知短暂的昏厥期间发生的事。有人将我拖走，鉴于我醒来的时候已经回到房间。院内一阵巨响吵醒了我。

为了不错过出发在即的信使，我必须在此收笔。很快我会给你更多消息。

第十一章
偷窃金属的语言

人们在我们出生前就这样对我们说：女人最大的美德是永远在场，却从不存在。

（比安卡·万齐尼）

一阵巨大的骚动惊醒了我。透过圣器室的窗户，我看见人们慌乱地奔走。率先在我脑中浮现的念头是我们遭遇了袭击。可能是我们的同族乔皮人意欲劫持太后。

鲁道夫向我说明了情况：恩古尼王室使团走后，我们才发现他们盗走了仓库里的所有金属。原本用于传播圣言的金属，现在都用来制造弹药。

那时，热尔马诺中士进屋。大致了解情况后，他伸出手指，提示神父向他汇报袭击的经过。他表现得好像教堂的主人。神父蔑视中士的命令。几块金属的消失相比于葡萄牙人在马古尔取得的压倒性胜利又有什么打紧？

"你不庆贺贵军的胜利吗？"鲁道夫问。

这个消息看起来让中士忧心忡忡。他不关心可恶的齐沙沙麾下的六千敌军在几百名葡萄牙士兵面前被砍下头颅。他也不关心他同胞的机枪在马古尔平原留下四百具死尸。热尔马诺·德·梅洛只想知道金属的失窃。鲁道夫盯着士兵的眼睛，对他说：

"我从你的灵魂中看出恐惧，我的孩子。"

他背过身去，但中士紧随其后：神父不该忘记，中士就算受伤依然肩负神圣的使命。他必须上报这次事件。

"给谁汇报？"神父问。

"我有我的长官。"

神父提上水桶，去河边打水。路上他还说：

"去找伊玛尼吧，我的孩子。你很需要安慰。"

这时，比布莉安娜从我们身旁经过，她没有停下脚步，用乔皮语质问精神错乱的中士：

"这世上有多少本《圣经》，中士大人？英国人一本，葡萄牙人一本？白人一本，黑人一本？你们口中唯一的神说的是哪国语言？"

问题像瀑布般涌来，葡萄牙人一个字都没听懂。他向我走来的时候，我能确定他混乱的精神状态。他向我的脸伸出手，眼神变得极为陌生：

"这头发，伊玛尼……"

"我的头发怎么了？"

"你不能把它拉直吗？"

"它是卷的？"

"从现在开始你要把头发拉直。我不想让卷发伤到我的手指，这些该死的卷发透过绷带钻进身体，感染我的伤口。"

他又发烧了，我想。但不是病情复发。他脸上出现从未有过的抽搐。我羞涩地用手指抚过他的头发，他却粗暴地撇开我的手。他疑神疑鬼地环顾四周，好似在确认是否有人偷听。随后他提出了一个令人始料未及的问题：神父鲁道夫是否值得我们信任。面对我的惊愕，他说：

"他没和那些黑人勾结吗？"

"黑人？"我惊诧地问。

中士没有意识到他言语中的异常。他已经怀疑鲁道夫不是一位神父。

"你知道这个混蛋的故事吗?"

这事在萨那贝尼尼人尽皆知:每天早上神父都会照镜子。他相信日复一日,他褐色的眼眸会变成蓝色。他会褪去种族,就像蛇褪去旧皮。他会越来越像那个他只听别人说起过的葡萄牙母亲。

"我才不信这种人的母亲是葡萄牙人。甚至我都不信他有个妈。"热尔马诺断言道。

"你想知道鲁道夫·费尔南德斯是谁?没有人比我更适合告诉你那位神父的故事。"

✿

鲁道夫·费尔南德斯的母亲是所谓"国王的孤儿"。她在里斯本的孤儿院长大,葡萄牙王朝把她送到果阿。在印度,她本该被许配给少数在那里服役的葡萄牙人,旨在维系所谓"纯净的血统"。但鲁道夫的母亲没能让人如愿:孤女没挑中白人,而是选了一个皮肤黝黑的印度人。人们把这对意外结成的夫妇的孩子送进果阿的修道院,接受宗教教育。他从修道院毕业后,葡萄牙政府将其从印度派往莫桑比克,因为整片领土上会用文明开化的葡语传教的神父一只手都数得过来。其他基督徒,像是加尔文派的瑞士人,用错误的方式散播圣言。他们鼓励黑人用自己的语言书写,教我们成为非洲人。

肩负消除这些影响的使命,鲁道夫神父在一个名叫马科马尼的海滨村庄登陆。他就这样迈入了我的童年。起初,果阿人很振奋:每周日教堂都挤满了参加弥撒的人。所谓的"原住民"兴奋地收下用于识字的基督手册。传教士相信,这些非洲人会努力学习认字。他太天真了。那些老人都是来拿手册的,他们撕下里面的纸,用来生火烤鱼。

我父亲,卡蒂尼·恩桑贝,可不光在基督问答中看到信仰的皈依:那还是通往白人世界的大门。这就是他的目的：让我，伊玛尼，脱离自己的出身；离开自己，走向另一种命运，没有归途，没有种族，没有过去。

"他们偷走的金属里也有一部分的我。"我打断了漫长的讲述。

为了消除新教徒的影响，鲁道夫决定翻译《圣经》。数月以来，我都在帮他把葡语翻译成乔皮语。有一次，我斗胆质疑《圣经》的神圣性。写它的人，印它的人，不都只是凡人吗？对鲁道夫而言，答案简单明了：

"《圣经》从来不是写出来的。读经即写经。"

《圣经》可以不神圣，但它能让人神圣。神父在宗教问答中就是这样教导我们的。然而对他来说，《圣经》和信仰都没能帮他保持清醒、正直。远离果阿，离开家人，年轻的教士逐渐丧失对现实的感知。他在教堂里睡了很多女人。他狡辩说这是主持第一次圣餐最好的方式。但他的放纵并不限于肉体的欢愉。岸边还堆着几十个空红酒瓶。海洋托起瓶身，使其变成孤独的舞者，在浪尖起舞。据传教士说，它们会漂回果阿的沙滩。酒瓶空空，跟喝酒的男人一样空。

后来他下令，叫停了翻译的工作，让我把《圣经》还给他。

"我们再也不需要翻译，也不需要《圣经》了。"

他指着河流、沙丘和远方的海，说：

"这就是我的图书馆。"

第十二章
热尔马诺·德·梅洛中士的第三封信

最大的痛苦不是失败,而是无力反抗。

(恩科科拉尼谚语)

萨那贝尼尼,1895年9月9日

尊敬的艾雷斯·德·奥内拉斯中尉先生:

  我知道马古尔战役之后,阁下回到了伊尼扬巴内。我想您一定沉浸在捷报的喜悦中,还不知晓我要汇报的事情。一切始于昨夜,村里的狗暴露了入侵者的存在。人们走出房门,察看发生了什么事。一个恩达乌族的黑人跟跟跄跄地闯进村子。他身上有伤,胸口和双腿都在流血。您可以想见,他从希科莫的枪决里活了下来。他倒地装死。士兵趴在尸体上检查处决情况时,一条巨蛇从暗处爬出,吓得众人落荒而逃。男人伤得很重,他把自己塞进小船,任由水流带着他漂到萨那贝尼尼。

  莫西尼奥·德·阿尔布开克认为他是贡古尼亚内的间谍,判他死刑。他们让他脱光衣服,检查他身上是否有敌人的传统文身。这不过是略微延迟了行刑的时间。不管有没有露出那个罪孽深重的种族的印记,这个倒霉蛋都必死无疑:他胆敢在军营周边逗留这一简单的事实就是铁证。

卡菲尔人能活着来到萨那贝尼尼堪称奇迹。等比布莉安娜现身，我注意到她和那个幸存者之间存在特殊的关联。巫医一动不动地凝视着入侵者，突然热切地拥他入怀。"这是我的小叔子马尼亚拉。"她哭着说。两人相拥着进了教堂。所有人都清楚各自的任务：伊玛尼烧水，比安卡找来绷带和洗净的衣服，神父一直坐着，盯着我看。"怎么了，我的孩子？"他用家长般令人恼火的语气问。我提醒他这是被定罪的囚犯，应该把他送回希科莫接受正义的制裁。"去再死一次？"神父讥讽道。

我提醒他，如果我们这样做会成为罪犯的同党。谁也没想到，鲁道夫突然激动地和我对峙：

"那个男人从没到过这，听明白了吗？比布莉安娜会治好他，就像治疗你那样。以后，他走他的路，你走你的路。"

我走进教堂，闻见一股熟悉的混合物的味道。卡菲尔人躺在我之前养病的床上。我命令黑人交代在希科莫发生的事。我想知道他受审的时候，是否承认自己是间谍。比布莉安娜用她拙劣的葡语，翻译了她的小叔子吞吞吐吐的坦白："我的小叔子说，他讲的是恩达乌语，没有一个葡萄牙人听得懂。"女先知表示白人和黑人都会犯同一个错：那些人说着我们听不懂的语言，就是认罪。

我一直把您的新命令牢记于心。因此，尽管女巫医反对，我坚持让重伤的黑人描述他被囚和随后逃跑的情况。男人一边呻吟、抽搐，一边回忆起他在希科莫地狱般的经历。士兵将他拖去石碑的路上，莫西尼奥·德·阿尔布开克让士兵停止行进，重申行刑队里只能有白人。枪击过后，卡菲尔人以为自己真死了。"我无须假装，我在这是因为我复活了。"他喃喃道。他的脸上浮起微笑，又说："我重生多亏了我的嫂子。"整整两天，他踏上艰难的旅途，就是为了前来感谢比布莉安娜，他死去兄长的遗孀。她和她的魔法，帮他抵御子弹。也只有凭借那位桑戈玛的双手——这是他们对巫医的称谓——他才能从重伤中康复。

男人精疲力竭，疼痛难当，坚持说想一个人待会儿。但在我们离开前，他口齿不清地留下口信，让比布莉安娜翻译。入侵者警告我赶快逃离此地。战争将至，这地方既不适合白人，也不适合像他一样的恩达乌人。他们都是杵在虚无中的幽灵。

比安卡女士同意外乡人说的话，她挥动双手，好像比起听，我们更应该去看她说的话：

"他说得对。逃离军队吧，热尔马诺。"

"你们清楚逃兵的下场。"神父苦涩地警告说。

"但是神父，在这种兵荒马乱的年代，谁会意识到这个人的存在呢？"比安卡问，"如果他之前在军营的时候，没人注意过他，现在又会有谁知道呢？"

比安卡和鲁道夫继续交谈，把我当作空气。我看向伊玛尼，但她别开脸。我理解。连我都认不出我自己了！

阁下，这些就是近来发生在这里的不幸遭遇。我回到房间，开始写信。剩下的整个上午我都处于一种难以解释的疲软状态。我承认，我深深地思念着伊玛尼。中午，有消息传来说比布莉安娜的小叔子没能挺过伤势。他生前最后的心愿就是希望找人用他的母语给他唱支歌。我还参与了葬礼前期的筹备。神父把我叫到一旁对我说，他在卡菲尔人临终前为其涂油的时候——这是卡菲尔人的洗礼——对方承认自己受到的指控是真的。他几周前就开始从事间谍工作，为贡古尼亚内传递情报，以此赎回他在加扎王宫为奴的亲眷。阁下，就在那时神父语出惊人。这是他对我说的原话："这里最不缺的就是间谍。如果我们把每个都枪毙了，恐怕你也不在我们身边了。"

神父的话含沙射影，让我很不舒服。或许是因为良心不安，那天晚上我失眠了。实际上我只是个试用的间谍，最重要的是没有通过实战的检验。鲁道夫的话让我陷入深刻的无助。我的手渐渐康复，现在我缺的是灵魂。

入夜之际，等入侵者的送葬仪式结束，我敲响比布莉安娜的房门。我想得到非洲亡灵的庇佑。我想把自己武装起来，抵御子弹，抵御幻灭的爱情，抵御我的过去，抵御我自己。没人能知道我的意图，正因如此，我希望女黑人能快点回应她家屋外过道上轻柔的敲门声。

巫女半打开门，身上几乎不着片缕。她敞开的卡布拉娜里隐隐露出强壮的胸部和大腿。之后发生的事对阁下来说必定无关紧要，但我仍需提醒您，我们必须对这个好战又富有魅力的人物提高警惕。阁下很难想象这位巫女能对原住民产生多大的影响力。毋庸置疑的是，没有任何军队可以像这个女人和她的祷告、预言那样，如此严重地威胁到我们。我建议监视那个女黑人。但这不是我拜访她的原因，我之前已经解释过了。但她的小叔子所遭受的枪决，也就是那个死在萨那贝尼尼的间谍，将我们置身险地。可想而知，比布莉安娜如今对葡萄牙人恨之入骨。

一言以蔽之，我们必须密切关注这个女人。我们应当了解她的过往，以及如何把她变成我们的盟友。我会在接下来的信里简单介绍这个人。

比布莉安娜出生在希科莫附近的一个村庄里，前不久才搬来这里生活。她和这里大多数人一样，还有另一个名字，但这不重要。她的父亲被抓去当奴隶，母亲在试图保护家人时身亡。人贩子连续几周都在村子里排查，确保没有落网之鱼回到自己的家乡。奴隶和奴隶主来自同一个种族，说着同一门语言，信仰同样的神灵。

就这样，比布莉安娜孩提时就只剩下外婆这一个亲人。老人家双腿畸形，无法逃脱袭击。每天晚上，孙女都会把她套进粗布袋，一旦发生紧急情况，就把她拖进丛林。一天晚上，村庄着了火。比布莉安娜被迫抛下发誓要守护的外婆。女孩逃走了，消失在森林里。

几日后，第一批造访当地的新教使团收留了她。他们都不是欧洲人。两个黑人来自德兰士瓦，用非洲的语言布道。在宗教问答时，她发现《圣经》里写着自己的经历。在传教士的允准下,她改掉出生时的姓名,取了现在这个为人熟知的名字。在传教士的祝福下,她嫁给村里的渔夫。几年过去了,她还是没有怀上孩子。丈夫有权休掉她,但他没有这么做,甚至没有因为妻子不孕而当面斥责。为了表达感激,比布莉安娜拼命工作,捕杀蛇和鳄鱼,贩卖它们的皮。丈夫甚至以为她是驯鳄师。但她揭露了事实,向他展示了剑和陷阱。

比布莉安娜用攒下的钱,买来两个新的女人,献给她的丈夫。那些妻子生下小孩,共同组成家庭。有一次,村庄遭遇袭击,贡古尼亚内的军队杀死了丈夫。比布莉安娜成了寡妇,以为家庭会就此解散,但这并没有发生。丈夫的其他妻子都留在她身边,还有她们各自的孩子。奇怪的是,孩子们开始管比布莉安娜叫塔特——这是对"父亲"的称谓。妻子们害怕这会触怒死者的灵魂,但一切相安无事。比布莉安娜心想:我的运气好到超乎常理。她的性别、年龄和寡妇的身份都不允许她如此走运。很快她被指控为巫女。那时她做出决定:

"我的房子和物件都留给你们。我走。"

她来到萨那贝尼尼,认识了神父鲁道夫。她不再满足于仅仅确信《圣经》里写有自己的故事。她逐渐把自己当成圣母:

"我养育的不是其他女人的孩子。他们都是我的。我和基督的母亲一样,怀上从没与我上过床的男人的孩子。"

就这样,这个不同寻常的女人在萨那贝尼尼住了下来。没有人知道她如何变成了教堂的女主人,俘获了神父的心。但我会在另一封报告里解释这件事。

第十三章
在子弹与箭矢之间

河是流回上帝眼中的泪。

（伊玛尼之母，希卡齐·玛夸夸）

嫉妒啃咬着我的睡意。我不知道还有什么能比它更麻利地粉碎灵魂：嫉妒是一架风磨，没有风也能转起来。几天前，中士向我说起穆佩祖伊时异乎寻常的兴奋，就是无中生有的微风。但现在嫉妒有了更加真实的缘由。昨晚的记忆犹如一把尖刀，扎在我的胸口：深夜，中士热尔马诺叩响了比布莉安娜的房门。那段记忆历历在目，逐帧重现。就在这时我听见葡萄牙人颤抖的声音，乞求女人为他医治。女人高傲而挑衅地说：

"我不是给你治过病了吗，白人？"

"我想要另一种治疗。"

热尔马诺进屋，关上房门。我不想再看，不想再听。我开始浮想联翩，明知想象是最锋利的感官。但我没有时间折磨自己。因为才过了几分钟，那扇门又开了，比布莉安娜穿着中士的制服来到院子里。她在黑暗中迟疑片刻，坚定地向我走来。她伸出手，带我走进她家。悲痛而羞愧的热尔马诺在角落里颤抖，身上只有一件卡布拉娜。"我们换了衣服。"比布莉安娜低声解释着显而易见的事实。我的心中随即燃起疑问：他们没有交换点别的吗？

"他来求我帮他套上铠甲，抵御子弹。"比布莉安娜指着葡萄牙人说。"他很害怕，你那个白人。"

"我好怕，伊玛尼。"中士抖个不停，结结巴巴地说，"我和所有人都成了敌人。我需要帮助。"

"但我不打算为你披上盔甲，热尔马诺。"

还没等中士向桑戈玛抱怨，她继续说：

"算笔账吧，我的白人。这场战争中死了几个军人？又有多少女人遭到殴打、侵犯甚至丧命黄泉？现在回答我：谁更需要受到保护？"

她用靴子跺地，好似从先知变成了军人。她的手稳稳地落在我的肩上，说：

"你不需要仪式，我的孩子。你早就不会受伤了。"

她在我们跟前脱下衣服，把制服还给中士。

"而你，我的白人。你大可留着那件卡布拉娜。它看起来像是为你量身定做的。"她嘲弄道。

之后她让我们一并离开，利用这个良夜，她说，让自己更加刀枪不入。

我小心翼翼地搀扶着直打寒战的葡萄牙人，以免他穿在身上的卡布拉娜把他绊倒。"如果中尉看到我这副模样。"他在路上哀叹。我把他扶进圣器室，让他躺在那张临时的床上。他向我伸手，问：

"我还在流血吗？"

我没能知晓答案。如果他没有流尽自己的血，那就是在我体内血流不止。我们贴着彼此的身体，沉入梦乡。

◊

次日，教堂空无一人。中士去了河边。一大早他就专心钓鱼。他用老步枪做了一把鱼竿。几个小时过去了，一条鱼都没钓着。但他不以为然。垂钓是一个很宽泛的动词，它如此宽泛而深邃，宛若河流。

我在圣器室等待神父。等了许久，我躺在和中士同榻而眠的席铺上。我们做梦的地方最后成为我们身体的一部分。我还能在床上感受到热尔马诺的存在。教堂里的脚步声和拖动椅子的声音让我缓过神来。我害怕地偷窥。我随即意识到那些是恩古尼的军人。坐在祭坛边上的人看起来是长官。其他人都站着。很快鲁道夫神父从院子里过来。我从未见过他这般唯唯诺诺的模样。

"贡古尼亚内派我们来抓两个女人：那个白人，还有你管她叫丈夫的那个女的。"使团的长官用祖鲁语说。

入侵者哄堂大笑，神父笑了，佯装加入挖苦自己的队伍。他的声音如此轻柔，没有人辨别他在说什么语言："谁都不会离开这里……"他又重复了一次，这次提高了音量："除非从我的尸体上跨过去。"

"把他捆在椅子上，叫秃鹫来收拾他。"队伍的首领下令说。

不是勇气，而是一股无名的力量引领我走出圣器室，来到教堂中央。那些动手捆绑神父的人诧异地停下动作。我认出这些陌生人就是叫人闻风丧胆的廷比西，也就是传说中的"鬣狗"。他们是听命于国王的杀人利器。

人能听到箭从空中穿过的声音吗？乔皮人被称为"弓箭的民族"并非巧合。像我这样的乔皮女人都能听清箭羽的呼啸，直到它刺穿敌人的身体，坠入深渊。紧接着，第二支箭射出，又倒下一具躯体。一切在真切地发生，却宛若梦境。

这时，随着萨那贝尼尼教堂里的一声巨响，现实再度占据上风：希佩伦哈内在众人的惊诧中现身。他是乔皮族最英勇的战士，也是贡古尼亚内最畏惧的劲敌。希佩伦哈内一面亲自为神父松绑，一面下令挪走恩古尼人的尸体。

"别让上帝的教堂沾上魔鬼的血。"他说。

我打小就能辨认那种拖拽身体的不容混淆的声音。似乎正是那种摩擦声盗走了土地上的生命。希佩伦哈内为神父松绑后，神父还是瘫坐在椅子上，看起来少了半条命。希佩伦哈内走向敌方最后的幸存者，面对面地挑衅说：

"还记得我吗，马纽内？我和你的国王一起长大，在你们的领地里成人。接着我逃走了，为了继续当一个人。"

恩古尼人用古老的秘方训练精兵：他们把少年掳去遥远的他乡，让他们忘记家庭和现有的情感。他们把刽子手说成少年仅存的家人。但这个秘方没能在希佩伦哈内身上奏效。眼下乔皮族的勇士刚从马古尔战役归来，路过萨那贝尼尼。他曾在那里和葡萄牙人并肩作战。

"我手上还有你同族人的血。你最好回去数数，还剩多少士兵回家。"

他拿恩古尼人最勇猛的军队打趣，拿他的话来说："来的时候气势汹汹，回去的时候像掉了毛的鸡。"之后，他用祖鲁语对加扎国王的使者说：

"你来帮你的国王偷女人？为了不让你两手空空地回去，捎上我的口信吧：你去告诉他，我的指甲和蜥蜴的爪子一样长。无论我在哪，都无须迈动步子，夜夜挠伤他的睡梦。"

"你知道我传不了这样的话。"另一个人反对说，"谁也做不到。"

"你是奴隶，马纽内。支配你的不是国王，单纯就是恐惧。"

马纽内是贡古尼亚内手下优秀的将领和朝臣。他走的时候依旧趾高气扬，经过神父的时候还嘲讽说：

"放心，神父。这一次我们放过你的丈夫。"

第十四章
艾雷斯·德·奥内拉斯中尉的第四封信

艾雷斯·德·奥内拉斯承认自己的无知，他曾写道："尽管这事看上去匪夷所思，但我们那年代的军校对殖民战争只字不提。1890年的《临时兵役管理条例》在这方面装聋作哑。我们要怎么战斗？我们的敌人会怎么战斗？我毫无头绪。"

（《艾雷斯·德·奥内拉斯关于军事和殖民的重要作品集》第一卷，殖民总局，1934，艾雷斯·德·奥内拉斯著；转引自《莫西尼奥·德·阿尔布开克：为帝国服务的军人》，保罗·乔治·费尔南德斯著，书球出版社，里斯本，2010）

希科莫，1895年9月16日

亲爱的热尔马诺·德·梅洛中士：

我亲爱的中士，我们得力的盟友希佩伦哈内将会带来这则喜讯：我们以绝对优势打赢了马古尔战役！胜利的秘诀在于之前发生的一件小事，我敢肯定没什么人有印象。这件小事有个名字，叫酋长希班扎。现在让我来告诉您事情的经过。我们在马古尔郊区花了四天时间,才穿过那个由沼泽、泥潭和蚊虫堆成的鬼地方。我们能调派的人有限,只配备了两头驴和两匹马。我们被迫在一个没有遮蔽和植被的地方扎营,地上泥泞不堪。我们远远地看见敌军,但他们没有注意到我们。我们派出几个安哥拉人诱敌深入,向我军发起进攻。这招我早就学会了:在军队里唯一安全的移动方式,就是模拟方形龟甲的乌龟。但是我们绝对绝对不能先发制人。反之,应该先让他们进攻。

然而,这些情况在马古尔都没发生。我军止步不前,敌军也没有进攻。就像我说的,我们命令安哥拉人发起佯攻,但没有得到应有的回应;或者说,对方的反应让我们始料未及。除了之前瞥见的两千士兵,我们还听见震天的圣歌和以矛击盾的节拍声。顷刻间,约莫七千士兵出现在地平线上,跳着战舞向我们逼近。他们意图明显,想把我们困在沼泽地,活活饿死。从来没有哪支军队那么渴望受到进攻。当我们不再妄想事态出现转机时,酋长希班扎背着步枪,从队列里冲了出来。他迈着稳健而庄严的步伐,走向瓦图阿的军队。我身旁的一名士兵认为:"那个狗娘养的黑人要向自家的兄弟投降了。"更让我们震惊的是,酋长爬上一座巨大的山头,在那个临时的露天舞台,对着贡古尼亚内破口大骂。瓦图阿人发出嘘声抗议,但任由酋长继续他雨点般的恶语。发言结束时,齐班扎朝瓦图阿人的军队开了七枪。接着又唾地一口,怒斥一声:"怂包!"之后他安然自若地回到营地。希班扎的表演达到了期待中的效果:由人群组成的怒浪朝我方袭来。瓦图阿人发动进攻。黑人光着膀子,迎向我军扫射的机枪。战斗不到几分钟就结束了。敌军伤亡惨重,不可计数,尸横遍野。然而,我也无法统计我军的战损情况。他们说死的不过三十余人,多半是安哥拉的黑人。尽管如此,当我们收敛他们的遗骸将其下葬时,我依旧无法直视那样的伤痛。每一个死去的年轻人都是我的一部分,他们的牺牲将成为我一生的重负。

后来，还有一桩悲剧加深了我的愧疚。敌军撤退后，玛托拉和玛奥塔酋长的部队见败军势单力薄，于是大肆劫掠马哈祖和齐沙沙族人的屋舍、女人和牛群。你无法想象这场劫掠在土地上留下了怎样的疮痍。那些黑人不睦已久，但我还是不免怀疑是我们导致了他们的毁灭。我的同事都把那场灾难性的劫掠视为振奋人心的事。在他们看来，马哈祖和齐沙沙族人复仇的愿望已经胜过从前对葡萄牙人的敌意。

那些经验老到的非洲将领提出要小心行事是对的。起初，我承认我并不理解（或者说理解但不愿接受）那只名叫卡尔达斯·沙维尔的老狐狸提出的洞见。那个老谋深算的谋略家认为我们不该正面进攻瓦图阿人的军队，最好在周围设下坚实的据点，逐步收紧包围圈，最后将其一举歼灭。如果敌军感受到威胁，想要反击就更好了。因为沙维尔确信，倘若瓦图阿人正面来袭则不足为惧。他甚至建议我们引诱他们，还说让我们把碉堡外部建得不堪一击，诱使敌方主动来犯。谁能想到您在恩科科拉尼的据点如此破败，实际上是出于战术需要？

整套方案无论听上去多么有理有据，但在我看来有一个致命的缺点：耗费时间。而我很赶时间。作为刚从军校毕业的青年，我来到莫桑比克，急于平步青云。我成了进攻马古尔的支持者。我为这次豪赌感到骄傲。但是，最近这场战役也体现了另一条原则：在战场上谁着急，谁死得就快。卡尔达斯·沙维尔说得有道理：我们迎击的不是一支军队，而是武装起来的人民。

让我给您一条建议，我的中士：不要在卡菲尔人面前表现出脆弱、人性和平等。您是白人，不管怎么说目前也还是一位军人。您受伤了，孤立无援。但你也不能因此敞开心扉，和原住民笑泪与共，尤其不能向一个女黑人表露爱意。

卡尔达斯·沙维尔的策略从长远的角度看不无道理。马古尔战役本不该发生，但它发生了，我们也获取了巨大的利益。因为我们需要鲁莽的进攻。这种勇猛不光是为了向反叛的卡菲尔人示威,而且会影响葡萄牙的舆论——国人并不满意这场遥远的海外战争所耗费的开销。其他欧洲国家也会见识到我们在东非的有效统治。

我们不必再羡慕过往的成就——这是一个经历了马古尔战役的士兵说的话。

第十五章
女人—男人，丈夫—妻子

我做了梦。
但那是一个盲眼的梦。

我看见路。
但那是一条跛脚的路。

我活着直到老去。
但还没活就死了。

（恩科科拉尼歌谣）

那天晚上，鲁道夫·费尔南德斯找到我，告诉我他曾误把比布莉安娜唤作"丈夫"。我们都笑了，我还试着淡化事情的影响。"别放在心上，不过是叫错了。"但神父承认说他和比布莉安娜的关系极其诡异。神父坚持和我分享他和比布莉安娜的秘密关系。

"那个比布莉安娜啊，"他开始讲述，"一到萨那贝尼尼就打理起教堂里的事。人们对她的到来众说纷纭。有人说她是从河里冒出来的，也有人信誓旦旦地说，她是从地里钻出来的，就像瞎了眼的蛇。可以肯定的是，那个女人能帮我料理家事。"

神父让她住进后院的仓库。他们用尚加纳语交谈，还会一起在河边祷告。比布莉安娜和上帝说话的方式一点都不像天主教徒，也许正因如此，神父起初不让她在教堂里祷告。在上帝的教堂里，黑女人只打扫房屋。

一天傍晚，比布莉安娜听见教堂里传来祈祷的声音。她无声地潜入。神父背对着大门，在祭坛前祷告。比布莉安娜靠了过去，从背后抱住男人，像是影子回归了身体。她的双手在男人的衣袍上游荡，急切地搜寻着异性的身体。但她一无所获，连块凸起都没有，更别说勃起的阴茎。她决定更进一步。当她抚摸男人的胸膛，却意外摸到两团肿块。她褪去他的长袍，从他的头上脱下。当鲁道夫一丝不挂地站在她面前，她的脸上没有露出丝毫惊讶的神情：神父有着女人的身体。鲁道夫惊恐万分，结巴着说：

"这不是我，孩子。我和其他男人一样。我不知道我这是怎么了。"

"但我知道，神父。您因为我变成了女人。您碰到我的时候就会这样。"

"上帝保佑，这一定是惩罚。"

"恰好相反，神父。这是我们唯一可以做爱的方式。"

她又喃喃说：神父是因普恩杜鲁，像女人一样去爱的男人。他们做爱的时候，就会变成女人。

"别说了，比布莉安娜。上帝抛弃了我，让我蒙受最黑暗的诅咒。"

比布莉安娜没有住嘴。因普恩杜鲁，神秘的来人解释说，是没有性别的王子。他在阴茎的位置，长出了突起的舌头，如同一条缓慢而幽深的河。它生来就是为了亲吻、舔舐、吸吮。因普恩杜鲁就像没有翅膀的鸟，却有着柔软而绽开的羽毛。如果用它的羽毛轻抚女人，后者就会像火炬一样燃烧起来。只有旗鼓相当的火焰才能熄灭那团火。

"我是那样的造物？"

"你是我的造物。"

女人把手放在鲁道夫的两腿之间。神父恐惧地屏住呼吸。比布莉安娜在茫然的神父耳边下达判决：

"从现在开始你会流血。每个新月你都会流血。"

神父跪倒在地，双目紧闭。好像合上眼睛才是他仰望苍穹唯一的方式。

CR

次日清晨，比布莉安娜异常忙碌，甚至让我协助她实施驱魔。希佩伦哈内前往扎瓦拉的路上，停留在萨那贝尼尼，希望他和他的部下能经历比布莉安娜口中名为"苦凡巴"的净化仪式。马古尔战役让人染上死亡。如果不从里到外清洗干净，便再也回不去了。

仪式持续了一整天：战士们挨个坐到巫女身边的草席上，看着她旋转魔骨，检查手下的亡魂是否纠缠着自己。之后，带回亡魂的人去河边坐下。他们被淋上羊血，解开系在腰间的卡布拉娜扔到河里。就这样他们摆脱过往，逝者无法重返人世，向生者复仇。

整个仪式结束后，我感到筋疲力尽，好似身上印着亡灵的抓痕。我赤身裸体地在河中濯洗。可惜希佩伦哈内没来这里看我。他是个帅气的男人。一时间，我的欲念忘却了热尔马诺·德·梅洛。

第十六章
艾雷斯·德·奥内拉斯中尉的第五封信

该省多数地区的黑人对我们缺乏顺服和尊重,甚至都不认识我们。这就是残暴背后的真相。有诸多事实反复证明,无论怎样抗议,或是援引往昔的荣誉都不能驳倒这点。

(J·阿尔布开克,《东方殖民军》,1893 年)

伊尼扬巴内,1895 年 9 月 24 日

亲爱的热尔马诺·德·梅洛中士:

亲爱的中士,我对您失望透顶。因为您的缘故,我依旧没能在上级面前一鸣惊人。我来问问您:您给我寄了那么多信,带回哪些符合我要求的、有用的情报?间谍从您跟前路过,您没能及时提醒我;您求医的大夫是我们的敌人;您还在一个满是黑人异教徒的教堂里驻足不前。一切都只是疏忽,只是大意吗?更有甚者,您还坚持把一个黑人称作"国王",尽管叫他"酋长"都名过其实。您高谈瓦图阿人的"王朝"和"王室血脉",好像贵族统治扩张到了非洲。在我看来,像您这样一位公开的共和党人,一定会觉得这些事难以理喻。

您该知道,您侮辱的王国里不光有我,还有莫西尼奥和其他许多官

员。事实上，我们是一支由王公贵族统领贫苦大众的军队。单纯说明一下情况：我的父亲承袭于莫尔加多·德·卡尼索领主，母亲是庞德公爵的后代。我的家族承载着古老军事传统的荣光。我想，您应该受过良好的教育。但有些习性并非努力的结果，而是源于优秀的血统。为了加剧这个世界的分歧，您和一个黑姑娘爱得难舍难分。您似乎是嫌这些还不够严重，又违抗我的命令，坚持和那个年轻的姑娘在一起，她不光是个黑人，年龄还很小。我担忧地意识到这段恋情不再只是艳遇而已。

让我开门见山地说：您这种军人真是一场灾难。成日胡思乱想，拷问战争的正当性，没有晋升的野心。您还长期和非洲人混迹，交往甚密，逐渐在他们身上发现人性的踪迹。我自己也必须承认：很多时候当我过分亲近这些人时，同样会真情流露。就像我给母亲的家信中写的，听到瓦图阿人美妙的音乐让我心潮澎湃。然而，从我的亲身经历出发，所有这些情感状况都会削弱一个军人，因为这让他软弱、犹疑。更严重的是，在战争的环境下，这种混居终将混淆敌我之间领土的边界。

综上所述，我正式通知您：您无须再向我递交任何报告，您作为我密探的职务也即刻解除。像您这般拙劣的间谍只会给我带来麻烦。

我真心为中断我们的通信往来感到惋惜。别给我写信了。您派来的信使也会被即刻拘留，依例惩处。

补充一点：距离我写下这些简短的话语已经过去两天。我有了反思的机会，深感对您的态度过于粗鲁、严苛。我不会删改写下的内容。但现在，我不再受情绪的牵制，更加明辨是非。我想对您说，中士可以继续偶尔和我分享您的幸与不幸，但不要过于频繁。仅此而已。您不再是中士。做个热尔马诺·德·梅洛就够了。不要再去刺探敌人，您不懂得辨别真伪。像个人一样和我交流便已足矣。

第十七章
热尔马诺·德·梅洛中士的第四封信

这就是我们命运的贫苦之处：到头来反倒怀念起先前的暴君。

（鲁道夫·费尔南德斯神父）

萨那贝尼尼，1895年10月1日

尊敬的艾雷斯·德·奥内拉斯中尉先生：

  阁下，您说得对。我不配做一名军人，更没有做间谍的天赋。谢谢您的来信，尽管您对我的欣赏称不上是赞美。但是，当阁下以艾雷斯·德·奥内拉斯个人的身份出现时，我得到了难能可贵的陪伴。因此您的话不是在给我降职。相反，您短信的结尾对我来说无异于殊荣。

  我无比感激您免除了我间谍的职务，还鼓励我继续给您寄这些字句粗陋的私信。这封信也是如此。您将从我的叙述中看到，非洲腹地不单是一种风景。也许我就是第二个迪奥克莱西安诺·达斯·内维斯，一个混入原住民的世界、再也回不来的白人。腹地人管他叫马凡巴切卡，微笑的行者。我不发笑，也不行路。但我将完成一场在非洲灵魂深处的旅行。您可以将我的信看作对这次旅行的记录。接连不断的信件让我免于死亡，免于在人们的记忆中永久地消失。

在此我将向您讲述我在今早经历的神奇邂逅。我和伊玛尼在河边散步。这时,一个小孩跑了过来,问我还会不会长出翅膀。我以为我会错了意,我对卡菲尔人的语言知之甚少。

"翅膀?"我问。

"他们从您身上砍下的那对。"他解释说。

伊玛尼坐在小孩身边。我无法告诉您他们谈话的内容,但我知道他们谈论的是我。某一刻,小孩模仿小鸟在我四周飞翔,还叫我查彭戈。我的女伴抓起孩子的手,带着他小巧的手指抚过我手臂上残留的少许敷料。小孩一开始很害怕,后来咯咯地笑了起来。他以为从我手腕上掉落的纱布是残余的翅膀。归根结底,我不是查彭戈,那种从不展开翎羽的鹰。最后,小孩在释怀和失落中笑了。

他的笑声让我想到,阁下说的话有道理:作为军人我真是一场灾难。但我也要告诉您:如果一个优秀的军人不能心存疑虑,我情愿自己的事业止步于此,做一个末流的中士。他的军队遗忘了他,最后连他自己都不记得穿上军装的初衷。

男孩误认为我是鸟,只是故事的序曲。中午发生的事更为严肃。卡蒂尼·恩桑贝和意大利女人比安卡·万齐尼的对话让我大为震惊。卡蒂尼请求意大利女人把他的女儿伊玛尼带去洛伦索·马贵斯,赚取白人男子的钱。他说女孩是个美人坯子,有着偏浅的肤色和温顺的性情。意大利女人不会后悔的。比安卡回答说她做不了主,自己只不过是个酒馆老板。对此,卡蒂尼又央求说:"那就带她去您的酒馆吧。"然而,可怜的卡菲尔人从来没进过城:那些酒馆里的妓女都是白人。黑人只在原住民街区的商店里接客。

很快,意大利人不再坚持。她答应考虑此事。第二天,她决定和我开诚布公,像是欠我一个解释。她承认她想过把伊玛尼带去洛伦索·马贵斯,尤其是头天晚上,看见她裸体的时候。卡蒂尼的请求合情合理:白人妓女在和有色女人的竞争中输掉了领地。意大利女人见我沮丧，没有作答，又鼓励我去洛伦索·马贵斯感受一下酒馆的欢腾气氛。她说起几家酒馆的名字，像什么国际音乐厅、蒂沃利、托卡德奥、波希米亚女孩、俄罗斯酒吧，诸如此类。

欧洲的游客在非洲的感觉就像在里斯本、巴黎或伦敦。几镑钱就可以买到各国女人的柔情，尽管人们猜测她们很多人用了假身份。比安卡列举了一堆具有异国风情的名字，多莉、凯蒂·林德斯特伦、范妮·舍夫、海伦·德赖斯代尔、萨拉·佩珀、布兰奇·杜门德、西西莉亚·拉文德。雇用伊玛尼，她又说，会打破当前设立的规矩：白人在城里的酒馆，黑人在郊区的商店。比安卡打趣着在这个戒律形同虚设的世界里违背上帝的可能。"我要叫她'黑莉莉'。"她说。我让她打住。她没有理解我的反应，以为我不喜欢这个名字。我抗议说所有人都忘了考虑当事人伊玛尼。

"有人问过伊玛尼的想法吗？"我问。

"从何时起我们要过问女人的想法了？"她反驳说，"伊玛尼一个人会更幸福。在您的手上，如果您手臂上挂着的那玩意儿能算作手的话，那丫头只能当一个白人的老婆。在我手上，她将成为女王。"

她还说，我们根据自身的经历都清楚，白人男子一旦看到黑女人点亮城内的酒馆，就会忘掉成见。只有白人女人会因为竞争愤愤不平。唯一的问题，比安卡进一步提出，就是黑人女孩很快就会身体发胖，皮肤松弛。必须趁她们正当妙龄的时候聘用她们，赶在她们生完孩子、人老珠黄前。年轻、貌美、单身——伊玛尼符合所有条件，可以在这行干很久，赚得盆满钵满。

我听着她的计划，心如刀绞。若非我身患残疾，我一定会把这个女人掳去一个连我都怀疑并不存在的地方。

您说的话不无道理。我想象不到和一个黑人女性的婚姻生活。尽管如此，我还是任由那个美梦疯长。昨天，我和伊玛尼含糊地提起这事。她的话在我看来相当明确。她说，我们两个的世界归根结底没有那么不同。她是对的。不管在非洲还是我那个位于葡萄牙的村庄，女人都对结婚期望甚低。她们从不指望丈夫，也就不会感到幻灭。女人必须成为母亲。不是她选择要的孩子，而是遵从神和自然的意志，和那些什么都指望不上的男人生下后代。

阁下会问，我们会生出怎样的小孩？又要怎么向葡萄牙的家人介绍他们呢？回答我的不是伊玛尼，而是比布莉安娜。她带着预言似的肯定，说："婴儿的肤色有什么打紧的？贡古尼亚内会有葡萄牙白人的子孙，葡萄牙人也会有非洲人的子孙！我们无法抵挡潮流，就像筛子兜不住风。时代，我的孩子，时代把种子都混在一起。"

因为种种原因，那天早上我要做的第一件事就是请神父做弥撒。我希望我背弃已久的上帝能指引我，治愈我的间歇热。萨那贝尼尼教堂狭小、孤寂、衰败，神父不务正业。但是，教堂不管在哪，都是一个小国家。即使像我这样不做礼拜的人，也在教堂的安宁里，找到让我旧日的灵魂重生的地方。

第十八章
无言的弥撒

你会永远带着密密麻麻的伤疤活着。然而事实上,伤疤比皮肤更能保护人。如果我能重新降生,我会祈祷自己从头到脚遍布疤痕。

(鲁道夫神父对热尔马诺·德·梅洛中士说)

中士停在正在打扫教堂的神父跟前,与之交谈。然而要听清他说话得费些功夫。我就算在一旁搀扶,也得凑近耳朵,才能听清他的请求。最后,神父鲁道夫·费尔南德斯终于听懂了他的话,难掩震惊之色:

"弥撒?"

神父面对中士,好似不认识眼前之人。很多年都没有人请他主持祷告了。他停下清扫的工作,小心翼翼地把扫帚靠在墙上,好像在加固墙体。他着迷地观看着漂浮在教堂发霉空气里的尘埃。这是他打扫教堂的唯一动力:观看光线在教堂内翻跹。那是我的彩窗,它们是活的,他暗想。

"神父,您听到我的请求了吗?"热尔马诺执意道。

有些原住民,神父想,看窗户看到入迷。他们从未见过玻璃。那种摸得着、看不见的材质,垂直的水面,无瑕的透明,俘获了他们的心。鲁道夫出生在一个现代城市,打小就习惯了玻璃窗。可是,他第一次真正看见玻璃,是在观察雨滴从窗户上滑落的时候。此时中士的话也从神父的失神上滑落。

"鲁道夫神父？您在听我说话吗？我希望您能为我祈祷，神父。"军人重复说。

"我的孩子，你经历了那么多事情，还相信上帝活着吗？"

神父正要转身离开，我跪倒在他面前，哀求道：

"就算不为了热尔马诺，就当是为我求求上帝吧。"

神父大吃一惊，深吸了一口气，让我从旁协助。小时候，我就帮神父准备过好几场弥撒。我重操旧业，从圣器室取来祈祷书、铃铛、金属制的高脚酒杯和一瓶红酒。神父在我的搀扶下登上围绕祭坛的木台，仿佛在攀爬最陡峭的山坡。他靠向我，悄悄说：使用圣坛的人是比布莉安娜。每周日教堂里都挤满了来参加黑人巫女祭典的信徒。

站在台上，神父两眼放空。他回想起比布莉安娜第一次看见基督被钉在十字架上的情景。她看起来很沮丧，评论说："他应该结婚，那个基督，看看他都瘦成什么样了。"之后，比布莉安娜久久地注视着基督被钉的双足。圣子就是因此失去了种族，加入了庶民的大家庭。

我摇了摇铃，与其说是开启仪式，不如说是为了让神父回归现实。神父背对着我，等到铃声的回响散尽，才在基督的十字架前举起双臂。他举了一会儿，一言不发。直到他转过身来，再次转向跪在他面前苦等、脸上充满惊愕的中士，说：

"弥撒？"

"拜托了，神父……"

"我问你，我的孩子：比布莉安娜没有缓解你的痛苦吗？"

中士全然无措的样子应该说服了神父。他终于翻开弥撒经，从后往前，又从头到尾地慢慢翻了一遍，直到最后大臂一挥，把书摔在桌子上。他看着在天花板上飞舞的母鸽叹息道：

"没有赞美诗，也没有祷词。我不会念这些东西。"他疲惫地收尾：

"人从伤疤中读懂生活,就像你现在肉体和灵魂上的那些。我要是重生,也想遍布伤痕。"

听到这些话,中士哭着倒地。神父走下讲道台,安慰他说:

"你是在为失去双手难过吗?好好想想,你不是现在才没了手的。从你到非洲的那刻起,你就失去身体了。"

在地狱般的炎日里,鲁道夫继续说,透过毛孔呼吸的不是我们,而是魔鬼。中士能认出自己散发的气味吗?为什么认不出来呢?因为汗水不是他的,硫黄味也不属于他。不是他的,也不是别人的。军人的躯壳底下早就没有人了。因此,你拥有的肉体越少,需要面对的死亡也越少。"懂了吗,我的孩子?"可怜的中士头晕眼花,一个字都没听懂。但所有这一切,无论在他看来多么错综复杂,都充满了神圣的魅力。因此,葡萄牙人恭敬地点点头。

因而不必沮丧。所有不幸的背后都有其仁慈的一面,神父总结说。想想那些显而易见的益处:你将被免除军役,遣返回国,不用穿制服,也不必担负杀戮的义务。

"你不想这样吗?这不是每个军人梦寐以求的吗?回到家乡?"

"我不知道,神父。我好迷茫。"中士含泪说。

神父心目中的安慰,在我听来却像是惩罚。一想到热尔马诺要回葡萄牙,我的胸口痛得就像一把匕首扎了进去。"回归"是一个奇异的动词。有人等的人才算得上回归。而海的那头没有人在等中士。

"我不知道我要什么。"热尔马诺说,"我想要伊玛尼,想要我的手,想要回去,想要留下。"

如果他怀揣这些疑问,无论如何都不能让他撤回希科莫军营。一旦他身患残疾地出现在那里,军队即刻会把他送往洛伦索·马贵斯,紧接着就是遣返里斯本,离我遥不可及。面对目瞪口呆、犹豫不决的中士,我全心全意地申辩说。神父让我冷静一点:

"我们不会把他送到希科莫军营。他在瑞士人的医院会更安全。那里没什么葡萄牙人。"

比布莉安娜也认为那样做更稳妥。诚然病情有所好转，但发烧和谵妄仍旧侵袭着热尔马诺·德·梅洛。巫女已经到达能力的极限：病人携带的亡灵来自海的另一边。

"把病人送去祷告的人那里吧。"比布莉安娜说。

在这片地区，人们把瑞士新教徒称为"祷告的人"。当地民众听到他们在周日的庆典上唱出庄严而协调的和声。据比布莉安娜所说，这种和声的努力，解释了为何白人只赞美一个上帝。他们用歌声安慰注定永生孤独的上帝。他们在歌颂时闭上眼睛，以示谦卑。这样神就不会在他们面前流露出脆弱和缺失。

༄

还有另一个原因催促着热尔马诺·德·梅洛离开萨那贝尼尼。神父一边说起这件事，一边从弥撒经里撕下一页，用来卷烟。他备好的不是烟草，而是姆班格的树叶和种子。抽食它不会让神父感到愧疚，他辩解说，是上帝种出了如此美妙的植物。

最初的烟味淹没了教堂，散发出甜腻而醉人的香味。神父的话音淹没在咳嗽声中：

"军队来要了……"

我隐忍地叹了口气。这里的军队够多了。丛林里都是军人：黑人、白人、小孩、老人、活的、死的，通通手握枪支。神父猜出我无声的疑惑，解释说：

"是我们葡萄牙人的军队。明天就到，领头的叫圣地亚哥·达·马塔，他的灵魂不属于人类。"

接着他把烟头递向中士，后者奋力拒绝，高举残破的双手，好像对着他的是把手枪。神父宽容地笑了笑。咳嗽比说话还多：

"明天你最好躲进圣器室。你的上司想把你带回希科莫。"

CR

我弟弟穆瓦纳图如幽灵般在教堂门口冒了出来。他惊慌失措，眼睛瞪得比脸还大。进门之前，他敬了个军礼，接着又在祭坛前画了个十字。他的嘴巴张合，没有发出任何声音。神父不耐烦地责备说：

"天哪，穆瓦纳图，你连十字都画不好。"

"神父，"我的弟弟支支吾吾地说，"我想告诉一件事……"

"不是'告诉'一件事。是'说'一件事……"

父亲从后面过来，加入了我们。他拖着步伐走向儿子，用鹰一般好奇的目光审视着他的脸。他被迫等候，直到我的弟弟能说出话来。

"中士，发生了一件可怕的事情。"穆瓦纳图总算开口说道，"恩科科拉尼没了。那些人赶尽杀绝，烧毁了一切。"

这个沉重的消息将我击垮在地。在接下来漫长的沉默中，我在地上搜寻，好像在那里找寻残留的现实。我的指间摩挲着从墙上脱落的漆片。出乎所有人意料的是，穆瓦纳图再次开口，平静而坚定地说：

"我去。"

"你要去哪？"此时父亲卡蒂尼·恩桑贝走过来问道。

"去恩科科拉尼，安葬尸骨。"

"你是男人，但我是父亲，是最后一个恩桑贝家的人。应该由我合上大地。"

然而，穆瓦纳图已经把一切都安置妥当。他和渔夫约定，让他在码头等自己。他把行囊留在门口。父亲可以晚点去。鲁道夫神父会在另一艘船上给他安排个位置。

"现在让我们为亡者祷告。"我兄弟祈求说。

我看向穆瓦纳图，仿佛不认识这个人。只有经历死亡才能让我们表现出坚强、重生的一面。我那愚钝而软弱的兄弟，如今却成了一个临危不乱、口齿伶俐的男子汉。

中士从癫狂中平复下来，缓缓地拥抱了他年轻的哨兵。之后，他用兄长般的口吻说：

"脱下这身制服，穆瓦纳图。这可能很危险。他们会把你当成一个葡萄牙军人。"

"我是葡萄牙军人。我不会放下我的武器。"他指向教堂入口处的步枪。

"你把它从恩科科拉尼带过来了？"中士问，"有什么用呢？那杆枪不管用，从来都不管用。"

"它管用。谁说它不管用？"

父亲把手伸向我，扶我起来。那时我才注意到自己满脸的泪痕。"把脸收拾干净。"老父亲命令说，"别在教堂里哭，这么做有失敬意。"他说。接着他又对我的弟弟说：

"如果恩古尼人已经埋葬了死者，你知道该怎么做：把尸体挖出来，再按我们的方式处理。"

"我会的，父亲。"

我们知道恩古尼人是如何对待手下败将的。就算死了，也要受辱。他们把我们埋进地里，就像对待奴隶那样：用草席把我们裹起来，扔进乱葬岗。那座无名坟墓的底部堆满了其他垂死的奴隶。每一个不幸者都被折断双腿。他们往死人和将死之人的尸堆上倒满泥土，最后用力踩踏。不该留下任何挖掘土地的痕迹。这就是他们的处理方式。目的是不立墓碑，确保奴隶不留下任何记忆。不然，有关亡者的记忆会永远迫害昔日的主人。

"我该怎么埋葬母亲呢?"穆瓦纳图问。

"母亲?"我茫然地问道。

"如果她死了要埋在哪里?"

母亲几个月前就过世了。我没有纠正他的错误。那一刻,现实并不重要。我们的父亲,卡蒂尼·恩桑贝也这么想,他严肃地说:

"如果她死了,应该由我安葬。那件事等我到了再说吧。"

✧

穆瓦纳图坐着擦拭靴子。这是临行前最后的准备。他久久地凝望着我,说在这样的逆光下,我让他想到了我们的母亲。

这不是穆瓦纳图第一次把我搅糊涂了。他编造出这种相似,来抵御难以理解的恐惧。最厉害的幻觉由来已久:小时候,他害怕我会随时离开。当我给他念故事的时候,他会突然发作,尖叫着让我停下。

"我从来没有跟你说过原因。"穆瓦纳图说着把靴子放到地上,"我怕你会走进书里,永远抛下我们。"

"你不喜欢那些故事吗?"

"故事都有结局。"

"但也有可能是个美好的结局?"

但它总会结束,他说。随后,我们之间立起硕大的离别的沉默,我们从不在故事中讲述这样的终点。

"我有一个请求,姐姐。让我带走你的鞋带,我把我的给你。"

我答应了。我缓缓解开鞋带,没有在意这一请求的荒唐之处。最后,当我们完成交换,穆瓦纳图宣布:

"现在你为我引路吧,姐姐。"

我们和其他人会合,一起去往码头。穆瓦纳图走在前面,我踩着他的脚印,好似先前无人经过。

☙

在码头拥抱穆瓦纳图的时候,我说不出任何告别的话。告别不是一个词,而是由沉默搭建的桥。小舟在河湾处隐去,由黄昏的阴影吞噬。我留在岸边挥手,寒意很快围住了我。

之后,人们回到萨那贝尼尼。只剩下我和中士留在码头。我第一次决定主动提议:

"跟我来,热尔马诺。"

我们无声地没入伊尼亚里梅的湍流。我告诉他,我想要一条用来哭泣的河流。他笨拙地抱住我,我的肩膀在无助的幸福中颤抖。葡萄牙人提出和我一起潜入水中,直到喘不过气来。我们这么做了。在屏息的极限,我们重新浮出水面。葡萄牙人喃喃说:"现在来吻我。"我犹豫了。军人的嘴上闪动着震颤的水珠。我们的嘴唇碰在一起。

"这才是初吻该有的样子。"热尔马诺说。

这是一个充满希望和绝望的吻,好像我们都在对方那里找寻最后一缕空气。

"这才是初吻该有的样子。"他再次说道。

"初吻?"

"所有的亲吻。所有的亲吻都是第一次。"

第十九章
热尔马诺·德·梅洛中士的第五封信

果阿有一个古老的传说,讲的是岛屿和船的故事:一位渔夫遭遇海难,逃到荒岛上避难。多年来,他独自待在那里。永恒的迷雾笼罩着他,偷走了他的视野。有一天,他发现根本没有岛。他在船上生活。他之前没注意是因为他瞎了,瞎到意识不到自己失明。又过了一段时日,一条大鱼咬了渔夫。这时,他才发觉他生活的船其实是躺在海底的残骸。他发现他不只失明了。他死了。

这就是我们经历的事,在非洲腹地的流亡里死去。

(鲁道夫神父讲的故事)

萨那贝尼尼,1895 年 10 月 2 日

尊敬的艾雷斯·德·奥内拉斯中尉先生:

我在神父口中的无地之地已经滞留了两个多月。比安卡说她再也忍受不了,一有机会就走。我也感到厌倦、疲惫。但我不愿离开萨那贝尼尼。伊玛尼甜蜜的陪伴把我拴在这里。我不能说我彻底放弃了回到葡萄牙的梦想——阁下曾慷慨地向我许诺此事。我左右为难。这些信就像一座桥,连

接着我难以两全的心愿。

也许正因如此，现在我碰上一件新奇的怪事：当我对着纸张坐下，我发现自己在动笔之前会先在胸前画个十字，好像写作成了教堂，庇护我远离内心的魔鬼。然而阁下无须为回信发愁。写作是一个不及物动词，是我祷告的方式。祷告的人都知道自己得不到回应。

我和伊玛尼提过您的承诺，您在晋升后会安排我返回葡萄牙。她想知道我如何答复。我如实回答，说刚开始答应，后来又拒绝。伊玛尼最初的回应让人始料未及。她的嘴唇摩挲我的耳垂，轻声问："你不想回家吗？"我回答说我没有家，也就回不了家。我还说如果我的爱足够强大，我会设法带她一起走。

一个古老的怀疑扼住了我的胸口。我没有斟酌用词，直接问她对我的爱是否胜过逃离的渴望。她笑了，躲躲闪闪地回答道："这两个愿望是一回事。"她微笑着离开，在我心中留下种种怀疑，我跟您说过我的疑虑：伊玛尼是在利用我逃离这片土地吗？她为我付出的一切和让我幻想的美梦都是谎言吗？我能猜到您的答案，但情愿您保密。我将坚守我的信任和爱情。我从比安卡那里学会一件事：爱如烈火，火一旺必将灼焦散场。

我会为爱情抗命，无论这爱是否真心：我会违背阁下的意愿，去往瑞士人的医院。这就是我要做的。我已经因为提前思念这些人而感到心伤，他们成了我从未有过的家人。当我和神父鲁道夫说起这种思念时，他嗤之以鼻。他说他已经不相信爱情、思念，抑或是没有利害关系的托付。他不相信任何人，尤其是认识我之后。我感到冒犯，让他把话说清楚。

"我读了散落在你房里的信。"神父解释说。接着，他叉起手，揣进袖子里，问："你就没什么要坦白的？"

我刚从被揭穿的震惊中回过神来，神父就从黑袍口袋里掏出一个类似于金属十字架的东西。后来我才意识到那是一把手枪。我举起双臂，这时神父望向天空说："上帝给了我这把枪。连造物主都明白，单凭言语在这片罪恶横行的土地上远远不够。"

"您不能读我的信！"我鼓起勇气反抗。

他用食指抵着扳机，笨拙地转动枪支，说起我与您的通信。

"你泄露了这个教堂的秘密，辜负了一心为你着想的人。你甚至建议葡萄牙人应该监视我的比布莉安娜。你应该感到羞愧，居然想用那个女人还给你的手捅她一刀？"

我承认，阁下，我从未感觉如此懊悔。神父滔滔不绝：

"你的长官让你找叛军。那些保卫土地、不让别人盗走的人能是叛军吗？你有问过自己，我们在这里不就是为了那个目的吗，偷走他们的土地？"

"这群人的土地早就被偷走了。"

神父似乎并没有听到我说话。因为他一边眺望高处，一边挖苦我说：

"你现在大可向你亲爱的中尉告密，说这个教堂私藏枪械。"

我没想到的是，他把枪抛向我的手臂。

"留着它。"神父建议说，"你最好还是带上枪走，这里的人个个都想杀了你。如果他们留你一命，也是想利用你杀死你的同胞。"

我站起身来，上路的时候，我意识到自己哪里都不想去。我跪倒在地，在红沙上痛哭，好像平生从未哭过。

神父的话成了我最后的救命稻草。他在莫桑比克传教期间目睹了诸般恶行，乃至于需要一门全新的语言去形容它们。他见过鲜血淌过欧洲人的剑，也见过从部落之间相互残杀的长矛上抹除的鲜血。

"我们的制服没用。"神父悲哀地总结说，"让我们把祭袍和军装丢出去。"他劝说道。

他又让我坐下，想和我分享一段回忆。他记得很久以前，当他还主持弥撒的时候，一个途经萨那贝尼尼的葡萄牙军人想要忏悔。但男人闭口不言，眼神躲闪，只说"不知道"。他摇着头，好像在摆脱一个糟糕的念头。

之后他站起来，往大门走去，避免和萨那贝尼尼的神父有任何眼神交流。他站在门口耷拉着脸低喃："我不记得我杀过多少人了，数不清了。"神父和忏悔者都垂着头，一动不动，无法相互对视或交谈。在我们数不清杀死多少条人命后，罪孽没了，上帝也没了。军人还试图画一个十字，但画到半途停了下来，像是放弃。他转过拐角后，就传来一声枪响。这是鲁道夫第一次看向年轻军人的眼睛。自此之后，神父再也没有勇气接受任何人的忏悔了。

这就是事情的经过。也许在神父灵魂里的某处角落，它仍在发生。就这样，他用手一拍膝盖，结束了讲述：

"幸好上帝用其他馈赠补偿我们。"神父说，"看看比布莉安娜的身体，你有仔细欣赏过比布莉安娜吗？"

我谨慎地避而不答。神父向我发出邀请："朋友，来和我一起踏上一段想象的旅程。"首先，我应该想象一个村庄遭遇了袭击。在想象的画面里，一个惊慌失措的女人试图逃离进攻者嗜血的暴怒。在绝望的巅峰，女人最后的退路只剩一个燃烧的茅房。她把自己变成了一支点燃的火炬，逃过一劫。

神父显然说的是比布莉安娜。她破旧的衣物底下是灼伤的身体，她的皮肤大面积死亡，如同蜥蜴的鳞片。这是他选用的措辞。他一边说，一边摩挲手指，好像言辞灼伤了他的双手。

最后，神父站起身来，一股腐朽的味道透过他的衣袍弥漫开来。他注意到我扭曲的表情，解释说没有水可以濯洗那种污浊。因为他溃烂的是里面：那是无法相合的两半。在印度，他生来就学会辨认不可触碰的种姓。他灵魂所携带的不洁如今成了一种传染病，连他自身也变得不可触碰。

他们说我们被敌人包围。但我们最大的威胁不是他人的存在，而是自身的缺失。这是最让神父痛苦的事：我们统治的无效。他曾踏遍非洲广袤腹地的每个角落，却只看到无垠的虚无。这片荒野实际的统治者是贡古尼亚内的大臣。此外，只有卡菲尔人的官员在征税，也是他们在接待外国使团。而葡萄牙的官员，像是若泽·德·阿尔梅达参事，向卡菲尔人政权申请采矿的特批。葡萄牙的存在如此徒有其表，连若泽·德·阿尔梅达参事都将贡古尼亚内尊为"陛下"；反之，非洲国王却管葡萄牙人叫"母鸡"或"尚加纳白人"。

我不耗费您的时间了，阁下。这封信已经过于冗长而令人疲倦。我讲述的一切都是为了告诉您，这些激烈的争执让我变得漠然。我不在意是谁发号施令。因为其他力量主宰着我。我唯一遵从的律法名为爱情，名为伊玛尼·恩桑贝。

我不知道是否还能和您保持通信：我在圣器室找到的少量墨水快要用完了。在恩科科拉尼，我向来客提出的唯一请求就是带几瓶新墨水。现在我能拜托谁呢？我想到用水。用水写字？您或许会疑惑，觉得我仍然深陷高烧的幻觉。事实上，萨那贝尼尼的水脏到能让人轻松地辨认我的字迹。但是就在昨日，所有问题迎刃而解。伊玛尼给了我一瓶不明有色液体，那是一种红色的染料。她请求我保密，但我还是想告诉您：这些文字是用树叶、果皮和伊玛尼血液的混合物写就的。您读的实际上是一个女黑人的血。

第二十章
圣地亚哥·达·马塔的幻影

> 恩古尼王国在抵达巅峰后,也将迎来自身的倾覆。天命如此。这是所有建立在罪行和恐惧之上的王朝的历史。但不管怎么说,我喜欢贡古尼亚内。尽管他心狠手辣,但这并不妨碍我喜欢他。
>
> (瑞士医生乔治斯·林姆)

我们在子弹的交火声中醒来,急忙在教堂为我们提供庇护的屋顶下会合。神父安抚我们说:

"应该是葡萄牙士兵。他们在宰杀牲畜。"

起初,卢西塔尼亚人的军队还会以衣换粮。现在,他们只会用枪指着牧牛人,让他们在牛群和自己的脑袋之间做选择。

我感到很奇怪,葡萄牙人说"多少头牛",而我们管奴隶叫廷罗科,也就是"头"的意思。但更让我奇怪的是,我已经习惯了恩古尼人贵牛轻人的事实。

神父的解释让我们平静下来:如果是葡萄牙人的军队,就不会有危险。我们正准备解散,一个神色慌张的青年传来消息:一艘葡萄牙人的舰船,一座水上碉堡,攻击了穆瓦纳图坐的小船。船上的人无一生还。我兄弟的尸体漂浮在伊尼亚里梅河上。

这虽然是一个噩耗，但我并不惊讶。我又一次打起了冷战，就像在河里航行时撞见瓦穆朗布那样。我的眼中浮起阴霾，但我清楚：这就是我兄弟想要的结局。穆瓦纳图不是想埋葬恩科科拉尼的亡者。他想投入逝者的怀抱。

我的镇静和其他人剧烈的反应形成鲜明反差。父亲在院子里打转，像个瞎子似的质问苍天。几圈过后，他靠着树干，哭着倒下了。神父鲁道夫脱下教袍，往地上一扔，只着一条长裤，对着它又踢又踹。中士也忽略了自己的病情，用余下的手捂住脸，不让别人察觉他在哭泣。意大利女人比安卡希望我们聚在一起祷告。比布莉安娜听见我们的哀恸，离开厨房，来到庭院里安慰我们。

这时，我们先是听见一阵细碎的脚步声，然后是用标准的葡语发出的命令：

"谁都不许走！"

一队葡萄牙士兵走出树林，三个白人，六个黑人。他们表明身份，高傲得像世界的主人。在前面开路的是一名上尉，自称叫圣地亚哥·达·马塔。他们刚从舰船上岸，很快就承认朝穆瓦纳图乘坐的小船开火是他们的杰作。他们搞混了船只，误以为上面的船员是逃跑的恩古尼人。还没等鲁道夫抗议，上尉申辩说：

"这里遍地都是老虎和鬣狗。难道我还得先问问兽群有没有藏着一只小猫咪？"

"非洲没有老虎，上尉。"

"但船上有个持枪的黑人，你想我怎么做？"

"那是把假枪。"神父厉声反驳说，"你没看见他穿的军装吗？"

"我以为衣服是假的，狗屎！因为在这里，我亲爱的朋友，这里什么看上去都像假的。就拿您来说，您哪里像个货真价实的神父？"

正当他准备进入教堂，神父公然拦阻了他的去路：

"有些人不配进去。"

上尉的手伸向手枪。他为神父的话感到气愤,对方的不敬着实冒犯到了他。上尉深吸一口气,换了一种求和的语气:

"这些家伙通通一个样。神父分得清楚吗?"

"我能区分人、非人,区分底层、上层,区分穷人……"

"这算什么?"上尉打断说,"现在所有人都学该死的瑞士人开始维护黑鬼了吗?"

"我能区分哪些非洲人能进入天国,区分这些可怜的黑人……"

"好吧,别眨眼,看看我身边的这些白人士兵吧。好好看看他们,神父先生。这个倒霉蛋的脚此前从没穿过鞋,那边那个,一个月前还在放羊。他们之中没有一个人的屁股蛋儿坐上过学堂的凳子。"

军人手扶皮带,眼睛在帽檐下的阴影里发出亮光,逐一看向在场的人。之后,他对神父说:

"您在这些野人身上寻找圣洁吗?您得清楚天堂可不在这儿。这群人是魔鬼。能让这群卡菲尔人兴奋起来的不是扒下您的衣物,而是撕碎您的衣物和身体。"

他停在失落的中士面前。中士靠着门框,伤心多过疲倦。他先是注意到年轻中士泛黄的裤子和破烂的毛衣,随后才盯上热尔马诺的手臂:

"卡菲尔人绑过你!这就是他们的伎俩。绑住囚犯的手,让它长出坏疽。"

在我的搀扶下,中士摇摇晃晃地往前迈了一步,从我们之中站出来:

"让我介绍一下,我是中士热尔马诺·德·梅洛。"

"中士?你他娘的是哪支军队的?"

"我们的军队,上尉。"

"我看未必。要是这样的话,您早该向我敬礼了。"

中士表情扭曲,费力地敬了一个军礼。他的脸上滑落细密的水滴,大家都把那当作汗水。很快,圣地亚哥就失去了对中士的兴趣。他和神父之间的争吵占据了他的注意力。

"神父觉得自己能分清种族和孽种吗?那让我跟您说说,我是怎么区分白人和黑人的。我靠的不是肤色,我尊贵的神父。靠的是眼睛。"

上尉小丑似的言辞和动作吸引了我们所有人的注意力。他变戏法似的在中士热尔马诺的耳边打了一个响指,说:

"好好看看这个男人,看着他的眼睛。如果你仔细观察的话,尊敬的神父,您会在这个杂种的眼睛深处看到旧日厨房里烟雾的炽热。就算他的肤色再白,这家伙也是个黑人。他整个童年都在吹灶台。"

他万分笃定。他是一名军官,却比所有神父更能深入、迅疾地洞悉人的灵魂。他提高音调,高声质问:"你们听见葡萄牙上尉说的话了吗?"他掏出手枪,冲着教堂的钟楼开枪。鸦群飞向天空,像是一朵倏然冒出的云。子弹似乎让上尉平静下来。他昂头挺胸,再次走近热尔马诺中士:

"你说你叫什么来着?"

"报告上尉,我叫热尔马诺·德·梅洛。我被派遣到恩科科拉尼,在一次军营遇袭中受伤。"

"不许撒谎,中士。"

"千真万确。"热尔马诺说着展示起他缠满绷带的双臂。

"伤是真的。但恩科科拉尼没有军营。那里顶多有个杂货店。"

"对我而言那就是军营,世界上唯一的军营。我们在此哀悼的年轻人,穆瓦纳图,就是我的哨兵。"

"哨兵?"上尉翻了个白眼,轻蔑地笑了笑,"我真是受够了这场狗屁闹剧,受够了假冒的士兵,受够了把商铺当军营。受够了政治家们在宫殿广场的内阁里争论不休的战争。"

他祷告似的举起双臂,哀叹说:

"唉,莫西尼奥啊莫西尼奥,你怎么拖了这么久?"

他在墙边找了片阴凉地，倚靠着被岁月腐蚀的石头。他望向我们，又好像我们并不存在。和他的同胞不同，其他白人没有给他带去任何安慰。恰恰相反，那些苍白的面孔在他心中激起难以掩饰的反感。除非那个人不但和他同族，刚好还是个女人。就像意大利女人那样，她正用一种混杂着恐惧和惊奇的眼神看着他。

"我之前见过你。"圣地亚哥上前说。

"可能吧，上尉先生。我叫比安卡……"

"点石成金的意大利女人？很荣幸认识你，我尊贵的女士。"他古怪地鞠了一躬。

"您要理解，上尉先生，我们为何如此伤心。"意大利女人解释说，"随船的一个男孩是我们朋友的孩子。"她指了指躲着人群后面的卡蒂尼。

"比安卡女士，"军人辩解说，"您很难想象我也为这件事感到痛心。但我们在打仗，我还能说什么呢？我是一个基督徒，我埋葬了船上那些不幸的人……"

"你把他们葬在哪里了？"我问。

我几乎认不出自己的声音。我像是被一只无形的手推了一把，才注意到自己在和圣地亚哥·达·马塔对峙。我又问了一遍。男人笑着问：

"哎呀，哎呀，这是哪里来的美人啊？比安卡女士，您可别说这是您家的姑娘？"

"你把我兄弟穆瓦纳图葬在哪里了？"我坚持问，麻木又盲目。

"呦，这小猫的爪子还挺尖！"圣地亚哥的声音里染上一种恶毒的直白。"你是从哪学会说我的语言的，我的小母鸽？你能教我说你的语言吗？"

我闭上眼睛，想起亡母的忠告。"他们不是在羞辱你。"她说，"而是你的人民、你的种族。假装自己是水，是一条河。水和灰烬一样，我的孩子，谁都伤害不了它。"这是希卡齐·玛夸夸传授给我的智慧，那是离世不久的母亲。因为我在外人眼中从不无辜。我皮肤的颜色、头发的质感、鼻子的宽大、嘴唇的厚实,这一切都是我背负的罪孽。这一切都在阻碍我成为真正的我:伊玛尼·恩桑贝。

我偷瞄了一眼父亲,徒劳地希望他能以罕见的勇气,对抗承认杀害他儿子的凶手。但卡蒂尼·恩桑贝表现得一如既往:识趣地服从,两眼观地,双脚和泥土融为一体。也许他的脉搏里鼓动着不为人知的喧嚣。仅此而已。

圣地亚哥·达·马塔打了个响指,让士兵列队。"这里得要点规矩!"他命令说。他让人把葡萄牙的旗帜升上教堂的塔楼。神父表示反对。中士试图提出帮忙,但上尉双臂一挥,仁慈地说:

"你就不必了。"

我们排成一排,注视着蓝白相间的旗帜缓缓升起。仪式结束后,上尉把手伸进口袋,掏出一个信封,用左手晃动着:"热尔马诺·德·梅洛,你说你是叫这个吧?拿去,很久以前我就揣着给你的这封信了。"

中士合起手腕收下信封,好像那是一对钳子。他瞥了一眼邮票的地址,在疑惑和失望中挑了挑眉。他以为只有奥内拉斯中尉会给他写信。但这封信来自葡萄牙。

"我们要在这里过夜,"圣地亚哥宣布说,"我们不会占用你的地盘,神父。我们用自己的军帐。我只希望您明天清早能给我们一头牛。我们会把没吃完的分给你们。"

"您这是请求吗,上尉?还是你要用枪威胁我,就像你们对卡菲尔人做的那样?"

上尉深深地叹了口气,其他军人哄笑着散开了。他们的笑声证实,他们已经接管了之前属于我们的地盘。

这时,比布莉安娜出现了。她一直在等待合适的时机现身。她像高贵的女王一般穿过院子里的强光。她穿着她往日的军靴,腰上还围着弹夹。

她迈着军人一样的步伐，以挑衅的姿态在葡萄牙上尉跟前止步。后者惊讶地问：

"哎呀！哪来的尤物？"

上尉仔细审视着女祭司，难以置信地看向她的弹夹。女人表现得无动于衷，任由军人把其中一个弹夹倒空。军人发现里面装的是烟草灰，于是以近乎恼怒的力度踩在脚下。

"军靴呢？又是从哪偷的？是不是你杀了一个士兵？"

"她不会说葡语。"神父连忙跑来解围。

比布莉安娜猜到了正在发生的事。她在接到羞辱性的命令之前，就脱下军靴，一面盯着圣地亚哥。葡萄牙人轻蔑地看着女人脱下鞋子，摇了摇头说："可怜的家伙，你不知道比鞋更重要的是袜子，但他们从来不发袜子。没了袜子，军靴是一种折磨。"

他还说，这也是为什么原住民把葡萄牙人送给他们的军靴束之高阁，无人问津。

然而，女祭司脱下军靴其实另有所图。这就是他们接下来见到的场景。

比布莉安娜深吸了一口气，奋力将军靴抛向空中。靴子以一种奇异的弧度飞向杧果树的树冠。它没有落地，而是卡在树杈上，维持着一种微妙的平衡。突然，军靴开始下落，在空中急速翻转。上尉怔住了，他看见黑色的军靴里飞出了一群邪恶的猛禽。他一通乱射，对抗那些只有他能看见的幻影。

第二十一章
热尔马诺·德·梅洛中士的第六封信

当心那些在塔楼上防止野蛮人入侵的守卫。不经意间,他们已经成了怪兽。

(神父鲁道夫)

萨那贝尼尼,1895年10月5日

尊敬的艾雷斯·德·奥内拉斯中尉先生:

  上尉圣地亚哥·达·马塔的到来提醒了我,我还属于外面的另一个世界。但我得说,那位上尉可不是这世上最好的信使。他还是不来更好。但从某种程度上说,他的出现让我看清,我们在此停留所表现出的傲慢是多么空洞而可笑。也许时间流逝得比我想象的更快。也许另一种时间在我们生活的日常下无声地前行。

  与此同时,我的中尉,事情是这样的:整座教堂都是我的卧室。我在沉睡,上帝之家也在沉睡,只有鸽子和猫头鹰翅膀的扑哧才会偶尔惊动这种静谧。我在老鼠急匆匆地啃咬残烛的窸窣声里醒来。我害怕一旦耗尽所剩不多的物资,那些大耗子就会冲向我的伤口。我会眼眶空空地醒来——我找到死去不久的杂货店老板萨尔迪尼亚时所看到的模样。

我再三拖延才打开下午圣地亚哥·达·马塔交给我的信。说到底，我生命中的一切都经历着奇异的拖延。我本来只该在这里停留几天——它只是我去医院途中的中转站。但我已经在这里待了好几周了。因而我也不着急看信，选择自我欺骗：它并非从我的家乡寄出，我的亲人没有给我写信。我除了眼前的天地无处可去，在这群人以外没有别的家人。

我知道阁下多么热衷于给母亲写信。您无法想象我有多羡慕。因为我到现在都不知道要对母亲说什么。我写下这些话，尽管知道这并非事实。但我没有修改也没有划掉。

凭借我们如今的交情，我在此逐字誊抄这封从家乡寄来的美妙信件。阁下反复询问像我这般乡野出身的青年，为什么能拥有如此细腻的文笔和高尚的情感。那么，这封信就提到把我培养出这些品质的两个女人：我的母亲和我的老师，康斯坦萨夫人。她是个博学多才的女人，为了躲避政治迫害，流亡到我的家乡。

我未曾改动一个标点，呈上由我母亲，劳拉·德·梅洛夫人口述的信：

热尔马诺，我亲爱的孩子：

给你写信的是你的老母亲。你一去数月，音讯全无。我要告诉你一个悲伤的消息：你父亲去世了。他和别的男人一样，死于心脏的毛病。药房的小托尼奥是这么跟我们说的。这封信由我口述给邻居康斯坦萨，也就是你的小学老师。她让我问候你，但也气你没有来信。

我想向你讲述你老父亲抛下我们的经过。这事我说了很多遍，好像已经远离了那个悲伤的日子。那天傍晚，你父亲坐在门框上。天黑了，他就坐在那，不吃晚饭，也不吃夜宵，一声不吭。夜里，我拿了条毯子给他盖。我没有多嘴，因为这就是我们的相处方式。

这时他跟我说，他要在那里坐到太阳升起为止。清晨，当我下楼放出家畜，我发现他已经变得僵硬、冰冷。小叔子阿梅尼奥帮我把尸体抬进屋，偷偷告诉我，村里的男人私底下知道有一批非洲的军人要回乡。但就算这是真的，也不是我们这的。而你父亲就是坐着等你回来的时候死的。

葬礼一切从简，只来了些家里的亲戚和村里的熟人。仪式简单到连哭的时间都没有。我知道这罪孽深重，直到今天，我还在等一滴眼泪，唯一的眼泪。我没哭，只是叹气。我啊，我亲爱的儿子，我烦透了做不成妻子，做不成母亲，烦透了没法好好活着！

你清楚为什么我的眼睛里掉不出一滴眼泪。事实上，自出嫁那天起，我就是个寡妇了。多少次我用罗勒涂抹手臂和后背，让自己闻起来像个淑女。但你父亲从来没有察觉到香味。我数不清有多少个夜晚，我解开头发。而你的父亲却让我用头巾把它们扎起来。他只在黑暗中触碰我。

他的嫉妒毁掉了这个家。他连你都嫉妒。尤其是你，我的孩子。自打你出生，那个男人就只有一个人生目标。那就是惩罚我。先是用沉默，后来开始恶语相向，最后对我拳打脚踢。我想过逃跑，想过一死了之。

但之后我像这片土地上所有女人一样，放弃一切，放弃自我。一个想法宽慰了我，嫉妒是他唯一能送给我的礼物。可怜的家伙，就像神父艾斯特旺讲经时说的那样：没有爱的人就不会嫉妒。但你父亲连嫉妒都是拙劣的。从结婚开始，他就在村里传播说他跟小朱丽娅·德斯·辛克·雷斯有一腿。他磨蹭到天黑才回家，就是为了气我。但我知道他只是一个人坐在一棵大桑树底下。整个广场都是它掉落的桑果。你父亲的裤子上沾满了黑甜的污渍。我闻过他的衣服，上面只有他偶尔会用的那款香水的味道。有时候我会怀念桑果的气味。

现在我要向你坦白本该只有上帝能听的事。好几次,愿神让他安息,你那个父亲甚至祈祷让你还是孩子的时候就死掉。这不是因为他心肠歹毒,只是我们太穷了。如果上帝在你小时候把你带走,你就不会死。早夭的孩子都是天使。他们死的时候,没有哭声,没有哀痛,没有死亡。上帝只是把先前赐予我们的天上的生灵带走了。因此,坦白说,面对你父亲的愿望,我没有说话。幸好上帝没听见。从那之后,你奇迹般地开始和我愈发亲近,血溶于血,生命相连。你那么黏我,加重了你父亲对你一贯的怨恨。

我的孩子,接下来我要去做头发。这村里一家理发店都没有。但我准备去镇上,他们说那里有位技艺高超的女士。也许是虚荣,也许是罪恶。我想只用我自己的眼睛看自己,因为直到现在,我心里只有我在你父亲眼里的样子。等你回来,我不希望你像你父亲那样大吃一惊。直到今天他还在门槛上等你。

你会看到,我的孩子,我还改造了房子,让它更舒适。我用微薄的遗产,买了三把椅子,安置在与不在的人。等你回来,你会有一张可以让你无所事事的椅子。因为他们说,椅子能让人遗忘过去。这话是你的教母康斯坦萨说的,她在学校坐了很多年。她说从战场上回来的人需要遗忘很多东西。

她写这封信的同时,我们也要找点乐子。你知道我们今晚要做什么吗?我们要去大马路上吹口哨。他们不让女人吹口哨。你家乡的人说:吹口哨的女人会招来女巫。而康斯坦萨和我要去召唤女巫。

愿上帝保佑你平安归来,回到你母亲身边。因为如今我在这悲伤的山谷里只剩下你了。我希望你能吃饱,我总是梦到你骨瘦如柴。请收好这一千个你在我怀里时没有给你的吻。来自很想念你的母亲。

我把信从头到尾抄写下来，因为我不光想和中尉您分享信的内容，还有我收到这一消息时忐忑而害怕的心情。触动我的并非事件的严重性，而是愧疚。不是因为我遗忘了家庭的过去。真正让我愧疚的原因是我接下来只能向中尉透露的事。我在军校宿舍的抽屉里放了一张照片。我告诉大家他是我的父亲。但他不是。他是一个军官。我从年鉴里剪下了他的照片。照片是假的，但我的骄傲是真的。在所有人眼里，我像您一样，是贵族的后裔。我撒的谎太多，在内心深处看到太多次那个陌生人的眼睛，最终忘记了亲生父亲的面容。我把那张无名父亲的照片带到非洲，现在还保存在我为数不多的行李里。你看，我不缺贵族血统。我为自己编造了一个过去。我把我的另一种人生，有时挂在墙上展示，有时保存在行李箱里，可以说，它和其他人的一样真实。

在我看来，目前要说的就是这些。明天伊玛尼会和她父亲一起动身，寻找穆瓦纳图的埋骨之地。我希望圣地亚哥·达·马塔说的是真的。我希望那些士兵安葬了穆瓦纳图，希望伊玛尼他们能找到墓地。我还提出陪他们一起去，但伊玛尼和她父亲都不同意。卡蒂尼正在想尽一切办法不让我和伊玛尼待在一起。他想向比安卡·万齐尼证明，他把女儿交给她的承诺依然成立。

我和神父说起，卡菲尔人对待死者的执着，甚至胜过生者。鲁道夫解释了我已然知晓的东西：生和死的不同只在于存在的程度。照顾死者就可以让他永远不死。地上地下不过是无关紧要的细节。非洲的土地如此生意盎然，没有逝者不愿意长埋地下。我同意他的话：他们栖身的土地不是坟墓，只是另一个家。

我承认从神父口中听到这些信仰有些奇怪。我还记得那些激烈的争吵，以土地为由，把我送往战场。接连几代人都因为神圣的土地赴死。我无法克制自己，必须直白地说：我也学会了热爱坟墓。

"拥有祖国就是另一回事了，神父先生。"我说。

我希望神父明白我在说什么。我不再说话。不知道该作何回应。伊玛尼占据了我的头脑。等她回来，我们就一起去曼雅卡泽的医院。之后，再去洛伦索·马贵斯，直到我的双手完全康复。现在，我的父亲去世了，我会拥有天使一般的命运：重新长出双臂，拥有和上帝给予的相同数目的手指。

等到那一天，我会给母亲写信。对她说，她的另一把椅子很快会迎来新的主人，因为她的新儿媳要到了。

第二十二章
斩首的蝗虫

这就是仇恨的结果：不去通过我们鄙夷之人认识自己。

（祖父桑贾特洛）

夜幕初降，正当我们吃完饭，圣地亚哥上尉来到我们庇荫的无花果树下，为他之前的行事道歉。他很焦虑。几周来，他们都在丛林里搜寻叛军齐沙沙和马哈祖，但一无所获。贡古尼亚内把他们藏起来了。据他所说，在非洲不用密不透风的林子都能让一个人消失。人都藏在人堆里。

"正因如此，"上尉说，"我们必须杀光鬣狗和猫。还有老虎，就算它们并不存在。"

他像猫科动物一样，围着我们的桌子打转。没有人说话，也没有人抬头。与我们的冷漠不同，意大利女人推开椅子，邀请上尉加入我们。比安卡女士不明白，我们的沉默并非无声，而是发声。我们在沉默中和死去的穆瓦纳图交谈。比安卡·万齐尼指了指空椅子，笑着对葡萄牙人说：

"坐吧，上尉。我妈常说：'饭桌上的人老不了。'"

上尉给自己倒了喝的，沉默地看着虫群在煤油灯旁飞舞。我想起我们在恩科科拉尼的家。那里一样的昏暗，一样会飞出这样长翅膀的虫子，疯了似的扑向类似的光源。但这回虫子多到可以听见甲壳碰到火焰发出的噼啪声。

"神父吃过虫子吗?"圣地亚哥问,"他们说烤蝗虫很美味。我想,作为一个好神父,您必定尝过你教民的食物了吧。"

神父听到讥讽,低声咒骂了几句。上尉请他别放在心上。

"别这样,"圣地亚哥说,"说到底,我们都是葡萄牙人,我们在同一个战壕里等着骑士[1]回来拯救世界。"

"这里没人在等救世主,"神父反驳说,"我是一个虔诚的信徒,但我向你保证:连基督都放弃了这里。"

"听听这是一个神职人员说的话!"

"你来的时候,看到码头上挂着网的木杆了吗?"鲁道夫·费尔南德斯问。

不久前,那些木杆上还插着人头。神父不堪回首地忆起此事。人头在那里晾晒了数日,暴露在炎热和苍蝇之下,好像生来如此,脱离于所属的身体和生命。

"黑人还是白人的?"圣地亚哥问。

"猜啊,上尉,猜啊。"

"不是我干的,尊贵的神父,别怪到我头上。"他停了一会儿,又说,"私底下,我们得同意,对一个死人来说,头插在杆子上,要比身体钉在十字架上舒服得多吧。"

上尉使劲眨眨眼,笑了起来。所有人都看到了笑容背后的恐惧。神父肯定说,那地方中了毒,再也摆脱不了死人味。

圣地亚哥起身,走近一盏灯,似乎对面前飞舞的蝗虫无动于衷。

"他们想找到齐沙沙和马哈祖惩罚他们?但我觉得他们应该受到嘉奖。如果不是这些卡菲尔人发起暴动,我们的军队还在梦游呢。"

---

[1] 指葡萄牙塞巴斯蒂昂一世(1554—1578),死于三王战争,尸骨下落不明。传说他会在危急关头重回葡萄牙,拯救整个国家。

"您知道我想要什么吗？"比安卡插话说，她腼腆一笑，缓和了气氛，"我希望一直这样生活下去，周围都是军人，但没有战争。"

"那您刚好出现在对的时间，对的地点！"圣地亚哥说，"战争有一个问题，比安卡女士：要有敌人才能开战。因为那帮里斯本党人，我们内部的敌人比外面的更可怕。"

所有人都说不想起冲突。然而圣地亚哥却祈祷开战，吞噬污秽。神父鲁道夫反对说：

"没有战争的嘴能吞下那么多污秽。战争就像地毯，"神父说，"底下藏着权贵的垃圾。"

ଔ

我们正准备回房间，圣地亚哥·达·马塔突然跪下祷告。他的脸几乎挨上地面，这一幕吓到了我们。他看见我们，直起身来，感到羞愧。他让我们聚到他身边。他把帽子放在地上，掀起一角，盖住一群蝗虫。接着又在沙地上勾画出标有方位的地图。最大的圆圈代表洛伦索·马贵斯，在它上面的是伊尼扬巴内，另一个位于中心的小圈代表曼德拉卡齐。之后，他把两根手指伸进帽子，取出第一只虫子，给它取名为安东尼奥·埃内斯。他把虫子放到洛伦索·马贵斯的位置上，问我们：

"这只虫子在做什么？"他一边问，一边掐下它的头，回答说，"什么都不做。或者说，它写报告，让其他人什么都不做。"

他夹着另一只在他指间挣扎的蝗虫说：

"这是北军的长官——娘炮上尉加利亚多。这只蝗虫在搞什么鬼呢？"还没回答，圣地亚哥就逐一掐断了虫子的腿。"这就是他的情况，一个吓破了胆的蜱虫，畏手畏脚。"他拿开帽子，抖落尘土，吓跑了剩下的虫子。他又用鞋跟跺了跺脚，好像宣布解散。这时他的腿套上停着一只螳螂。所有人都不约而同地赶着救下那只昆虫。神父说：

"放过它，上尉！那是神的信使。"

圣地亚哥·达·马塔讽刺道：

"那它就是莫西尼奥了，应该让他指挥南边来的军队。"

莫西尼奥·德·阿尔布开克的名字让比安卡眼前一亮，她请求上尉描述一下那个英武的骑士，她梦寐以求的王子。圣地亚哥·达·马塔没有故作为难。然而，他不说莫西尼奥如何如何，只说他的相反面。比方说，莫西尼奥长官不像许多在那里横行的长官那样肥头大耳，大腹便便。他镇定的脸庞棱角分明，在人群中极为醒目。他的样貌，和他骑马的姿态，都像火焰天使。

"您会喜欢他的。"

"您不知道我现在就有多仰慕他。但是我的上尉，您并不比那位王子逊色。"

圣地亚哥继续描述那位骑士。除了先前那些特质，那位伟大的葡萄牙人在殖民事务上也非新手。在成为地方长官前，莫西尼奥已经在莫桑比克四年之久。他不像其他人那样适应了普遍的冷漠。他自请罢黜，忍受不了"慢工出细活"的政策。而他，圣地亚哥·达·马塔，也直接受雇于莫西尼奥，参与武装斗争。据莫西尼奥说，军队打不了这样的仗。

"原来你是雇佣兵。"鲁道夫打断说。

"有些话不能说白了，尊贵的神父。我们自诩为一支志愿军，奉命攻打塞西尔·罗兹[1]名下英国南非公司的领地。"

"那恩昆昆哈内呢？"我鼓起勇气问，扭转了对话的走向。

上尉困惑地看着我。像我这样一个年纪轻轻的黑人女人，怎敢在那种场合开口？我改变了发音，以葡萄牙人的方式拼读了名字：贡古尼亚内。

1　Cecil John Rhodes，1853—1902，英国人，南非矿业大亨，曾任开普敦殖民地总理。

"上尉先生认识贡古尼亚内吗?"我坚持问道。

他回答说认识,但不愿在这种时候说起此事。这是因为,他又说,最大的敌人不是黑人,尽管他尊重在场的所有人。在马塔看来,真正的敌人在堡垒内部。那就是葡萄牙王室的特派员,安东尼奥·埃内斯。

"你们知道莫西尼奥管安东尼奥·埃内斯叫什么吗?'特松古·考戈罗'。那是伊尼扬巴内的黑人对他们眼中位高权重的白人的尊称。那个安东尼奥·埃内斯就是寄生蝗虫里的混账头子。"

争论持续了一整晚。父亲倒在桌上,望向还未倒空的红酒瓶的眼神却愈发炽热。比安卡看起来昏昏欲睡,只有中士还在跟进圣地亚哥和鲁道夫之间的争论。神父鲁道夫说将来不是莫西尼奥逮到贡古尼亚内,而是黑人为了生计出卖国王。那些人今天对他歌功颂德,明天就在背后使阴招。神父总结说:

"国王被俘不会是英勇的功绩,而是由于背叛。"

上尉充耳不闻,对中士说:

"他们以卡菲尔人的方式给你治伤。你知道最好的药是什么吗?机枪。"

葡萄牙人就是用这种药扫除了贡古尼亚内的战士。可惜中士身患残疾。上尉继续挑衅热尔马诺,又添了一句:

"如果你不是残废的话,你应当来和我们闻闻火药的味道。没有比这更好的药了,我的朋友。包管一闻就上瘾。"

第二十三章
热尔马诺·德·梅洛中士的第七封信

我们的残忍

不是说我们杀人如麻

而是阻止自己活下去

（神父鲁道夫）

萨那贝尼尼，1895年10月12日

尊贵的艾雷斯·德·奥尔内斯中尉先生：

中尉，我不知道该怎么给母亲回信。没了父亲的人，会对他的母亲说什么呢？如果那位父亲从来没有出现过，又有什么可说的？有人相信距离会让感情变淡。不是这样的。离家以后，整个世界都焕发新生。还有那些我不愿它们复生的苦痛。

我的母亲盼着我能告诉她，我会早日平安归来。但我不知前路如何。我说过，没有伊玛尼，我就不回去。如果我的家乡还是我离开时的那般模样，唯一让我回家的动力就是我的母亲。或许我能让她来非洲和我们团聚，作为我的母亲，以及我和伊玛尼未来孩子的奶奶？

但阁下，对我而言，每片天空都乌云蔽日。因为如果葡萄牙看起来凶多吉少，想到在非洲生活时也会唤起我阴沉的疑虑。在这场看似已经结束，实则仍会延续的战争里，我能在偏远的腹地做些什么呢？我的眼前浮现出这些人的形象：忘记上帝的神父鲁道夫、忘记军队的圣地亚哥上尉、好像代表葡萄牙进行统治的阿尔梅达参事。我看着这一切，自问除了变成他们中的一员，还剩下什么别的出路。或者抛开这一切，从未有过父亲的我能成为一位父亲吗？

我想您不愿把宝贵的时间浪费在这些无用的闲话上。但我依旧忍不住想向您讲述一个我做了无数遍的梦。它是这样的：我看见自己沿着伊尼亚里梅河行走，从河口一直走到源头，清晰得如同置身现实。这段旅程的唯一目的就是向贡古尼亚内国王献礼。这是非洲的规矩：人们向首领进贡。一连好几天，我抱着巨大的水母。它泛着水光的身体在炽热的阳光下闪闪发光。我急着赶路，因为我希望进献的时候，它还活蹦乱跳地蠕动着黏糊糊的触角。我深知那个黑人对海洋生物的恐惧。我希望那个强大的瓦图阿人在惊惧之下，屈服于可怕的怪物。凭借贡品致命的精妙，我将兵不血刃地击败葡萄牙最大的敌人。在这种爱国主义情怀的驱使下，我日复一日地赶路，感受着身后翻涌着前行的巨浪。这片无尽的海洋将会淹没非洲的腹地。

当我匍匐在国王的脚边，我注意到水母的毒液腐蚀了我的双手。我的手指和水母的触手掉了一地。国王轻蔑一笑，让我捡起残肢，滚回大海。好好把握有人等我回家的时候。我说没有人在等我。这时加扎国王说："就算你没意识到，也有个人在等你。这片海域漫无边际，人们未经允许就出入其间。在那片无垠里没有统帅，也没有主人。因此我痛恨海洋，咒骂所有的海洋生物。"这是贡古尼亚内的原话，每次都是这些话结束了我的梦。

阁下，请原谅我轻率的坦白。但是，如果说我的灵魂凋亡殆尽，那么如今连肉体都要不复存在了。我要重申，就算冒着被罚的风险，我也不会来希科莫。我要和伊玛尼去曼雅卡泽，等待瑞士医生的诊断。之后我会向您讲述发生的事。如果我剩下的手还能用，那将是一个奇迹。对于我这样的病例，传教士医生乔治·林姆也需要仰仗上帝，而非医学。

第二十四章
一滴眼泪，两重悲伤

世界是一条河。时刻都在经历出生和死亡。

(希卡齐·玛夸夸)

单调养肥了时间。与上尉圣地亚哥·达·马塔的相处并不融洽，却也足以加快时光的流逝。空气中传来夜禽的初啼。人们互道晚安。这时，上尉决定把意大利女人比安卡·万齐尼叫到一旁。我听见军人蜜糖般的声音：

"现在，我的好比安卡，这里有个骑士希望得到应有的回报。"

"您想要我？我的身价可不低呦，上尉。"

"像我这样的男人需要很多养分。我要你，再加个别的女人。一个点火，一个灭火。"

"我懂。我会和伊玛尼谈的。"

"不是她。我想要那个真正的黑女人。明白吗？"

"我不明白。"

"我想要另外那个穿着军靴的黑女人。"

上尉自从见过比布莉安娜穿着红裙，戴着黑手套，腰佩弹夹的样子，满脑子都是她。比安卡·万齐尼脸上绽放出狡黠的笑意。上尉的兴趣验证了她和我透露的秘密：大男人总是更喜欢男人婆。

"我不确定是否能说服那个女人。我们有过节，我感觉比布莉安娜讨厌我。"

"我付你双倍的钱，比安卡女士。"

"我可贵了，上尉。我是金子做的，或许您忘了这点？"

"我只告诉你一个人：很快我就会找到贡古尼亚内埋的英镑。我还知道那个杂货店老板萨尔迪尼亚把象牙藏在哪里。"

"如果是这样，这也只是偿还了他欠我的。"

"他欠你钱？"

"所有男人都欠着我的债，上尉。"

◈

上尉圣地亚哥·达·马塔背靠杧果树。作为一名征服者，他在要塞的制高点，检视搜刮来的战利品。在他所处的位置，男人只能猜想那两个他选来发泄欲火的女人在说什么。然而，她们的对话远远超乎他的想象。若不是我恰好站在她们谈话的大树背后，必定也猜不着。

"绝不可能。"女祭司抱怨说，"那种钱热得烫手。"

"上尉点名要你。要是你不去，他就会对你用强，你这不识好歹的女巫。"

"苏卡！范巴卡哈雅卡维纳[1]。"

对方用她听不懂的语言回答，这让白人异常恼怒。她扑向另一个女人，两人扭打在一起，又抓又挠。我试图把她们拉开，但没有成功。葡萄牙上尉笑了，认定这场斗殴是专门为他定制的情色表演。争斗愈演愈烈，直到筋疲力尽的比安卡瘫倒在地，泪水夺眶而出。这时，谁也没想到，比

---

[1] 祖鲁语。意为"滚，滚回你的老家"。

比布莉安娜如母亲一般抱住了意大利女人。她让比安卡的脑袋靠在胸口，抚摸着她的头发。

"为什么打我，比安卡女士？这是你第二次打我了。"

在呜咽声里，白人女人坦白了先前连她自己都不理解的事。当比布莉安娜在空地的仪式上跳舞时，她冒出一个奇怪的想法：那个女人不可能是人们口中的黑人圣母，不可能像当地人宣称的那样是"道之母"。但事实上，那个黑女人让她经历了一场显灵。意大利人感受到大地在消失。

"刹那间，我的眼前出现了我唯一的孩子，他一岁大的时候就离我而去了。"

孩子的早夭似乎向她暗示了她生命的终结。比安卡决意回到非洲，无非是想找个地方寻死。最终却事与愿违。生命张开无尽之母的双臂，又一次抱住了她。

"我没有办法自杀。"意大利女人承认。

"你感到愧疚？"比布莉安娜问。

比安卡·万齐尼说不出话来，只能肯定地点点头。她疲倦的面容就像孤儿一样。

"我们去河边吧。"比布莉安娜发出邀请，"晚上它成了另一条河，一条只属于女人的夜河。"

白人不由自主地追随对方的脚步。她回过头望见一面旗皱巴巴地挂在塔尖的十字架上。她感觉教堂之下，还有另一座教堂。此刻，一个异教女祭司正领着她，走进那座地下教堂。

圣地亚哥·达·马塔疑惑地看着女人们手拉着手离开。他很确定那是她们在搔首弄姿，刺激他的欲望。在伊尼亚里梅的河畔，两个女人贴着彼此的身体舞动起来。白女人摇摇头，嘟囔说："我醉得神志不清了，居然和一个黑人在河边跳舞。"突然，黑女人停下动作：

"那双手，我的姐妹。我看见你皮肤下的沙砾，和指盖上的大地。"

"我有别的办法吗?"意大利女人反驳说,声音宛若纤细的绳索。身为人母,我能眼睁睁地看着陌生人把幼子埋进土里吗?一个女人分娩,一个母亲分合大地。那个冬日的清晨,比安卡·万齐尼赶走了掘墓人,用自己的双手掘开坚硬冰冷的大地。

"我把我的孩子哄睡着了。就像我每天晚上做的那样。"

在沉默中,女祭司把比安卡的双手浸入河中。她注视着圣地亚哥如何被黑暗吞噬。

第二十五章
热尔马诺·德·梅洛中士的第八封信

所有向敌人传达的关键信息都要用对方的语言。没有一个法官会用犯人听不懂的话宣判。没有人不在自己的语言里死去。

（恩科科拉尼谚语）

萨那贝尼尼，1895 年 10 月 22 日

尊敬的艾雷斯·德·奥内拉斯中尉先生：

这封信包含重要的消息。到头来，我的中尉，有东西在搅动着这片死气沉沉的土地。您说得很对：一股不同寻常的力量正在改变这片葡萄牙领土的秘密。在这种变局中，希佩伦哈内昨天上午途经此地。他在赶往扎瓦拉领地的路上，在此稍做休整。那个男人势不可挡，总是带领士兵穿梭在丛林里。他是一名出色的战士，一个对葡萄牙王室的忠心通过考验的黑人。我只希望这次我们能予他应有的待遇。令人惊奇的是，比布莉安娜向我承认，她在梦里看见衣衫褴褛、瘦骨嶙峋的希佩伦哈内，在洛伦索·马贵斯扫大街。这就是等待他的凄惨下场。阁下会说，这不过是一个女巫的预言。也许吧。时间会揭晓一切。

我知道我军预备在科奥莱拉展开大规模作战。一部分的我渴望在葡属

非洲历史上最为辉煌的篇章上留下印记。另一部分的我犹豫不决。或许这些军事冲突幕后的通信会承载更大的荣耀。或许这场千差万别的人民之间几乎不可能的相遇更为崇高。谁知道比起血流成河的战斗,葡萄牙在缝合天南地北的人民的事情上,能否取得更高的成就?

阁下担心我出现在瑞士人林姆的医院?害怕我违背军人的职责,拒绝出现在希科莫的军营?但现在这两个地方都没戏了。此地紧张的军情不允许我离开萨那贝尼尼。眼下,连水路都危险重重。我们被包围了,阁下。我怀疑真正围剿我们的是恐惧,而非真实的威胁。

在围困中最受煎熬的是比安卡·万齐尼。私下里说,最让她忧心的是无法经手洛伦索·马贵斯的生意。然而就在昨天,比安卡眼中的阳光重新明媚起来。我们的朋友希佩伦哈内向她承诺,等他从之后的科奥莱拉战役归来,就陪她回到伊尼扬巴内。她可以从那里经由海路回到洛伦索·马贵斯。有一次,她还以往日那般拐弯抹角的方式问我,去希科莫是不是比回洛伦索·马贵斯更明智。"至少我能在死之前见到莫西尼奥。"她说。我很同情她,但我只是摇头,露出愚蠢的笑容。

刚刚说到比安卡,但真正活在悲痛中的是伊玛尼·恩桑贝。她兄弟的死把她掷入了灰色的深渊。我多变的性情和对未来的犹豫愈发加重了她的伤感。那天晚上,女孩再次被噩梦袭击。那个梦过去时常出现,但在离开恩科科拉尼后消失了。现在她又重新梦到自己怀孕。怀胎九月,没有分娩。怀孕一年后,她的肚子巨硕无比,连双腿都无法承受。她的胸撑破了衣裙,往外涌出乳汁,像丰饶的泉水。终于,她感受到分娩的疼痛。在最初的阵痛后,她的子宫生下一把剑。产婆吓得慌忙后退,又小心翼翼地折返,偷看那个怪物。除了剑,她的小腹又生出一把矛。在宫缩看似快要结束的时候,一杆枪又冒了出来。武器逐一从她体内排出,还没等伊玛尼从痉挛中恢复,消息就在附近传遍了。几个军人过来,想拿走武器,但伊玛尼坚决反对:"别碰我的孩子!"

于是，无论她走到哪，都带着自己致命的幼子。她对孩子们的细心照料让其他女人为之动容。男人的反应有所不同：之后的几个月里，很多男人都等着让她再度怀孕。如果那个女人能分娩军火，他们就有可能积攒权势和财富。黑人就再也不用惧怕仇敌了。

这就是伊玛尼的梦。第二天晚上，可怜的姑娘定是又做了那个噩梦，因为她哭着醒来，厉声尖叫，哀求说别碰她的孩子。我安抚着她，尽管手法一如既往的拙劣。伊玛尼起身，迷茫地徘徊着，直到她的父亲卡蒂尼·恩桑贝冲进屋里。谨慎起见，我守在门外。他命令伊玛尼做好准备，天一亮他们去往河的下流。和他们一起走的还有上尉队伍里的一名黑人士兵，卡蒂尼说。这次出行的目的在于确认穆瓦纳图是否按照他们的习俗安葬。他不再相信任何人，不论黑人还是白人，乔皮人还是尚加纳人。伊玛尼的父亲苦涩地抱怨道，生活就是一连串的背叛。他的女儿希望他说明是什么样的背叛。卡蒂尼回答等他们上了船再说。

伊玛尼知道很久以前，疑影就折磨着老卡蒂尼·恩桑贝。她始终知情，但始终佯装不知。一切都和她小时候的名字有关。村里的每个人都知道名字背后的隐秘。"伊玛尼"是给那些生父不明的女孩起的名字。

那时，她怀疑折磨卡蒂尼·恩桑贝的就是那个疑影。她温柔地安抚父亲：他是她唯一的父亲，她唯一认可的父亲。"我说了，"卡蒂尼粗暴地回应，"等我们安葬了穆瓦纳图再谈。"

老卡蒂尼·恩桑贝让我给他倒杯恩索佩酒，他需要为此次行动向上帝祈福。"行动"一词在我看来略显夸张。他猜出了我的疑惑，带着帝王的骄傲宣告说："我是最后一个恩桑贝。将由我合上我们的家园。"

我提出和他们一起上路。卡蒂尼拒绝了。他认为这是家事。伊玛尼会是他唯一的助手和同伴。换作从前，他说，他肯定一个人去。但他现在仿佛长了鸟背，下点毛毛雨就飞不起来。

我把这对父女送到码头。我跟着老黑人的脚步。他的脚印很浅，好像步伐中带有某种修习而成的轻巧。我想到这些年来他正是以这样的勇气行走在耻辱的大地上。他的女儿和我说过，他是怎样回避和村里的其他男人相处，又是怎样每当说起"伊玛尼"名字的时候低下头颅。所有人都当他是懦夫。但我们很难遇见更伟大的勇敢。卡蒂尼·恩桑贝放弃了尊严，保护了女儿，不管他是否是她的生父。因此，他如此轻盈的步伐并不让我感到惊讶。

我们路过教堂前的石阶，看见一夜过去，那些残破的台阶更加趋向河流。"昨夜下雨了吗？"我问。伊玛尼的父亲没有正面回答，只说石头回到了它们出生的地方。

我们来到码头，遇到比安卡和神父鲁道夫。他们来此告别，每个人都带了礼物。比安卡为伊玛尼的脖子围上丝巾，神父给了卡蒂尼一座铁制的基督受难像，可以把它立在穆瓦纳图的墓碑前。

我后退了几步。比布莉安娜来到我身边，注视着伊尼亚里梅的流水。巫女率先打破沉默：

"你的母亲来过。"

"来萨那贝尼尼？"

治愈我的不单是非洲的力量。我也从远方带来自己的良药，巫女说。"自己的良药？"我错愕地问。梦才是我最有效的治疗。因为，按照巫女的说法，它们就像船一样载着货物。我的父母经常来看望我，尽管我并不知情。

"你的母亲在这里和我一起为你疗伤。"

我们回去，大家一起坐在码头上，把脚浸在水里。脚踝四周的漩涡发出一阵轻柔的声响，就像最古老的安眠曲。我们几乎没有听见一艘舟筏在水流的推动下慢慢靠近的声音。划船的男人赤身裸体，头发凌乱，带着野兽般的目光。神父叹了一口气，说："就差他了！"他解释说，这个不速之客是个疯子，叫里贝特。他成日和他恶臭的口袋无休无止地在河上漂流。

　　还没等船靠岸，一股令人作呕的味道飘来。神父用尚加纳语和男人交流，叫他把臭气熏天的袋子丢掉。不速之客不同意，夺回那个皮质的大口袋，声称里面装着他的孩子。他知道神父不相信他的话，但是如果条件允许，他会把所有东西都摊在码头上。神父警惕地制止："别，看在上帝的分上，别这么做！"他要顺流而下，神父为他祈祷。小舟在水流的拉扯下远去，但我们仍能听到男人的叫喊：

　　"贡古尼亚内是杀人犯！他杀了我的孩子，杀了我！"

　　卡蒂尼·恩桑贝起身，我们以为他要上船，开启他的旅程。但他注视着里贝特的小舟在河里摇摆。最后，他喃喃说：

　　"别叫他疯子，神父。那个男人是我。"

第二十六章
水　坟

在安哥拉对赴莫桑比克作战军队的招募于1878年开始,于1879年9月结束。安哥拉人的军容军纪在莫桑比克轰动一时。然而,他们高超的军事技艺很快被人遗忘。一年后,人们再也认不出这支招募自安哥拉的精英部队。也许是因为部队里少了像从前那样打他们手心的人,或是因为过多的假期让他们懈怠了军纪。最有可能的原因是外省的环境让他们抛弃了自己的职责。纪律严明的安哥拉人,成了危害首都安定的隐患。

（若泽·茹斯蒂诺·特谢拉·博特略上校,《葡萄牙在莫桑比克军事政治史（1883—今）》,1921）

我看着中士在码头上挥手,一条巨大的白巾在旗帜和远方的景致之间飘扬。我也挥挥手,完成虚假的告别。我们顺流而下,寻找弟弟穆瓦纳图的埋骨之地。圣地亚哥·达·马塔派了一个葡萄牙黑人士兵给我们带路。士兵皮肤黝黑,比我们这儿的人还要黑。他是个安哥拉佬,来这儿当兵。一路上他沉默不言,和我父亲保持着安全距离。

等到我们停下休整,父亲退去丛林,士兵才敢开心扉。他像个白人一般说着葡语,只有肤色和名字才提醒我们他是非洲人。他叫若昂·欧迪耶拉,因为生于饥年。我们笑了起来,因为这在乔皮语中也是饥饿的意思。他急切地开口,仿佛世界末日在河流的拐角处窥探。我们不能把亲人的死怪在他头上。因为他也是个可怜人,无法左右自己的命运。他说一个月前,恩昆昆哈内俘虏了他。他们带他去见国王,一位叫"戈迪多"的王子,充当谈话的翻译。戈迪多就读于莫桑比克岛上的工艺美术学校,说着一口流利的葡语。安哥拉人回忆起当时战战兢兢地跪倒在加扎国王面前的场景,笑了出来。

"别伤害我!"当时欧迪耶拉磕巴地说,"我们是兄弟,我是黑人,和你们一样。"

"兄弟?"恩昆昆哈内反问说,"一个想害死我们的兄弟?"

欧迪耶拉提起他们在葡军里受到的不公,描述安哥拉人是怎样被派到前线,用血肉喂食钢炮。

"这么说你也是个安哥拉人了?"恩昆昆哈内问。

安哥拉人指了指恩古尼王宫前的桅杆说:

"我和陛下一样,效忠同一面国旗。"

当时,葡萄牙的蓝白旗帜凋零衰败,没有灵魂。没了杆子,整面旗不过是块悲伤的布料。那时欧迪耶拉心想:成就旗帜的是风,不是布。旗帜和他的灵魂一样,空洞,吹不到风。

"我不明白。"国王反驳说,"我问你是不是安哥拉人,与国旗何干?"

"这里所有人都尊崇同一个政权:葡萄牙国王。"

国王举目望天,纾解这个胆大包天的囚犯激发的怒火。

"那面旗就是一块布,我想升就升,想降就降。"他嘟囔说。

"只要我想,我也能脱了制服。"安哥拉人说。

听到的话让国王感到不悦。他用香木清理着小拇指纤长的指甲,这是他震怒时的习惯。他咬牙切齿地说:

"来人,把他拖下去!"

这是在宣告行刑。国王的话一旦出口,可怜虫就在劫难逃。他再也回不到村口。长矛会刺穿他的身体。他就在那里，没有坟墓，无人悼念。然而，上帝帮了他一把。掌刑的戈迪多放过了他。戈迪多给他松绑，对其他人说："把他留在这喂野兽吧。"

他就这样逃走了。但安哥拉人知道另一场判决依旧束缚着他。那更漫长、更致命："战争结束后，葡萄牙人会回到自己的故土。而我们这些安哥拉人，将永远困在这里。"

当欧迪耶拉细数这些痛苦的奇遇时，我的父亲在收集树皮和木片。他把这些临时的音键粘在尼萨拉葫芦上。借助这些废料，他造出了一把马林巴琴。他用基督受难像敲击木键，发出断续的旋律。我们沉默了。

"我喜欢他。"士兵说，"他是位音乐家，并不生活在这个世界。"

卡蒂尼骤然停下演奏，催促我们继续赶路。我们回到船上。我的老父亲神情古怪，一路上一言不发。他逆着水流的方向划动船桨，使船停在河里。他用桨的一头戳了戳军人的肩膀，问：

"谁开的枪？"

"什么？"

"谁杀了我的儿子？"

"我不知道，我们都朝船开枪了。"

"所有人？"

听到这话，父亲突然起身。小船危险地晃动起来。从低处看，他宛若巨人。他高举船桨，重击安哥拉人的脑袋、手臂，还有整个身体。他把军人推下船，按在水里。等到安哥拉人停止挣扎，父亲掏出铁制的基督像，像宰鱼那样把它插进士兵的喉咙。士兵的四肢垂下来，如同水上的翅膀。血迹围住了我们的船。卡蒂尼静静地看着尸体浮在水上，仿佛没有重量。

"父亲，我们快走！"我哭着央求说。

我把手伸向血迹斑斑的船桨。尽管我急着逃离此地，但没有力气划动

船只。无论我面朝哪个方向,都能看到若昂·欧迪耶拉浮在水上,像是在河底寻找自己的影子。卡蒂尼·恩桑贝异常坚决地命令道:

"我们回教堂。"

"但是父亲,穆瓦纳图呢?"

"哪有什么墓地。他们把我的儿子扔进水里,这就是他们的做法。河是他唯一的坟墓。"

他立在船头,身体强硬,宛若一尊千年雕塑。他高举基督的十字,光芒在他手中跳跃。

"我要用这个铁像杀掉其余的人。"

"其余的人,父亲?"

他没有回答,继续说:

"等我们回到教堂,就说军人掉进河里,被鳄鱼吞食。"

他带着前所未有的高傲巡视着周围的风景,就像一个占据了航路的海盗。他再次举起基督像,对天宣告:

"有些人看到十字,我看到匕首。这是上帝交到我手里的刀。"

"复仇是弱者的正义。"

"而我,我的女儿,就是弱者中的弱者。没有人的复仇能比我的更强大。"

◯З

当我们把船停靠在码头时,萨那贝尼尼摇曳着微光。战争期间,火光日夜不熄。这样一来战士们不论在哪里,都有亮光。我正准备爬上山坡,父亲抓住我的手臂。

"等等,我要和你聊聊。"

我坐回船上,看见父亲沾满鲜血的手还攥着那个不祥的十字。

"计划有变。"他说,"我要把你献给陛下。你会成为国王的妻子,恩昆昆哈内的王妃。"

"看在上帝的分上,别这样对我,父亲。"

"生活欺骗了我,葡萄牙人背叛了我。现在轮到我叛变了。你去当他的女人。"

那些话像一把双刃剑,一面斩断了我对热尔马诺的爱,一面又把我献给最为可恶的活物。我的啜泣宛若控诉,每滴眼泪都是言辞,每滴液体都是句子:

"那我就像母亲那样一死了之。"

我本想激起他的同情,却适得其反。父亲暴跳如雷,咬着牙斥责我说:

"别拿自己跟你的母亲比!她充满活力,神树才会拥抱她。你不可能自杀。知道为什么吗?因为你根本没有生命。"

他向我扑来,好像要打我,继而又停在原地。当我再次睁开眼,隐约看见父亲俯下身,双手摇晃着我的肩膀:

"别哭了,你会招来恶灵的。"

"别这样,父亲。你要背叛我们被恩昆昆哈内害死的族人吗?"

"我在为需要活着的人战斗。至于其他人……"

"这没区别,父亲。没有其他人。"

憎恶在我身体里滋生,我再也忍不住泪水。我用桨拍打着河水,好似在鞭笞自己。这也是我攻击老恩桑贝的方式。

"好好想想,我的孩子……"

"我不是你的女儿!"

"这无所谓。我是你的父亲。"

"我在母亲的坟前发过誓,要杀了那个挨千刀的恩昆昆哈内。"

"你不明白,伊玛尼。我的想法是,你先和他结婚,再杀了他。谁比王妃更能掌握国王的性命?"

那时,卡蒂尼·恩桑贝的话在我听来完全不可理喻。

"让我走,父亲。我要和热尔马诺告别。"

"你已经告别过了。"

"我想要和他在一起。这是我们最后的时光。"

"你的中士那天早上就去希科莫了。收拾好东西,明天跟我去曼雅卡泽。"

第二十七章
热尔马诺·德·梅洛中士的第九封信

我们不仅要光脚走路,还要踩踏大地。直到磨去表皮,直到大地的血流进我们的血管。

（比布莉安娜）

位于萨那贝尼尼和希科莫之间的某地,1895年10月28日

尊敬的艾雷斯·德·奥内拉斯中尉先生:

阁下,我心如死灰。他们抢走了我的过去,夺走了我的梦想。破晓时分,圣地亚哥·达·马塔强行将我拖出萨那贝尼尼的房间。他就说了一个字:"走!"正当我匆忙穿戴的时候,上尉问我:"你以为我干吗来这种鬼地方?"他抬起手臂,好像全世界都得洗耳恭听:"我奉命来带你走。"不消说,是您下令将我强行送往希科莫军营。

您用这种伤人的方式提醒我,我最重要的身份是一名军人,一个葡萄牙人。别了,瑞士医院;别了,伊玛尼;别了,我在莫桑比克的梦想生活。我写下这些话,绝望得就像一个被活埋了的人捶着棺材板。我心力交瘁。我再也不会有爱情,再也不会有朋友,再也不会有邻人。

您无法想象,又或许,您比任何人都更能想象我是在怎样的境地中写

下的这些话：坐在货车上，周围的世界天旋地转。我想借这封信，向您描述那天早晨我被送上牛车后所经历的冒险。我和圣地亚哥·达·马塔和他的七个士兵同行。他们慢悠悠地护送着牛车。货板上除了我，还有武器、几箱饼干和两罐水。我坐在魔鬼的位置上，背对着一望无尽的前路。我们正赶往希科莫的军营，我将在那里接受治疗。

我在小车上颠簸着，发觉又一次排演了自己的送葬队。第一次是在船腹里，如今是在一辆尘土飞扬的货车上。等真的到了葬礼上，我应该还会穿着这身令人厌恶至极的军装。现在它不光包裹着我的身体，还有我的灵魂。请记下我的请求，阁下：把这身臭烘烘的制服当作我的皮肤，和我一起入殓。我正是穿着这件未来的裹尸布，踏上这趟旅程。说得再严重点，这就是我：无论是死是活，这块布都紧紧包裹住我。它是制服，也是裹尸布。我是一名军人，不属于自己。在我的葬礼上，那些没有发现自己也失去了灵魂的军人鸣枪致敬。他们并不知道，子弹会杀死天空。

一路上，我不断遭受圣地亚哥的辱骂。我没有感到不快。他的羞辱让我无心思考更大的伤痛。之后，就像母亲所说的那样：会叫的狗不咬人。以他谩骂的激烈程度来看，圣地亚哥应该是个天大的好人。"都怪你，"他冲我说，"都怪你这个娘炮，害得我没法去科奥莱拉打仗。就为了来接你，就因为我们这位王子殿下没法一个人穿越丛林。跟我说说，我的中士：就凭你这小细胳膊，你要怎么擦干净自己的屁股？让那个漂亮的黑娘儿们给你洗屁股吗？要不要在这也找个黑兵兵啊？你放心，他们都是行家。一定尽心尽力，让你这辈子再也不用拉屎。"

起初士兵们还在憋笑。过了一会儿他们也懒得听了。上尉自顾自地念叨着连珠炮似的谩骂：

"就凭你那双手还怎么打飞机啊。我想这几个月在林子里，你应该只能靠扒树皮取乐了吧。因为你已经告别了五个小指头的游戏。现在你那杆枪只能去糊弄那些狡猾的卡菲尔人。希望你已经跟教堂里陪你的黑妞儿来过一发了。还是你想我来量量她的尺寸,你这团臭狗屎?"

终于,他闭上嘴,开始沉默地赶路。疲倦压垮了他的肩膀,但他褐色的脸上依然目光如炬,时刻勘察着周围的环境。那个带领我们在腹地行走的男人一定异常孤独。

入夜后,他下令停止行军,在远离道路的地方扎营。他一边铺开漆布当床,一边破天荒地对我温声细语,说我走了大运了,因为罗德里格斯·布拉加医生正经停希科莫。

翌日,我们艰难地翻过荆棘丛生的小坡后,遇到了一个卡菲尔人。我们问他索取了食物,给我们的牛要了点水。他默默领着我们走回茅屋,在那给了我们一些烤玉米。我们狼吞虎咽地消灭了食物。这时,他警告我们说,几十个瓦图阿人的士兵在离那不远的地方集结。他们结队而来,聚集在湖边。他们在那里筹备传统仪式,为战士们祈福。

那天早上,其中一队士兵找上门来。一个老兵到牛圈挑走了一头牛。他用木棒敲击牛鼻,激怒牲畜。几个年轻点的士兵跳上牛背,把它压倒在地。他们按住牛角,首领用斧子砍断了牛的脖子。

"瞧,这里还有血。"老农指了指地上深色的血渍,上面爬满了苍蝇。

不消几分钟,士兵们就把牛骨剔刮干净,把肉扛在背上。卡菲尔人指出了他们消失的山丘。

"跟我来,"男人说,"他们就在附近。我们小心点,就不会被人发现。"

"他们人多吗?"

"五十来人。"

"他们是哪个营,哪支部队的?别跟我说他们是兹诺尼的乔皮人,人们口中的'白色飞鸟'?"

"不,他们年纪更大。我看像是那些'狡猾的马佩佩人'。"

"我们来埋伏他们!"圣地亚哥下令。

"你疯了,上尉。"我说。

换种情形我的不敬都将招致重罚。但那时圣地亚哥只是剜了我一眼,接着递给我一杆枪。

"给我当个军人,小崽子。用你剩下的手指也好,用你那根老屌也罢,给我开枪。"

另一把枪给了可怜的农夫。他呆若木鸡,双手动弹不得,支撑不住重量。

"还有你,黑鬼。你不杀他们,我们就杀了你。"

我们悄然无声地溜进林中的空地。卡菲尔人说得对:大约五十来个男人围在那里,中间是被他们称为"南加"的巫师和一名军事首领。炊烟从大锅下袅袅升起,锅里炖着公牛肉。我们躲在林子后头,窥视这不同寻常的仪式。那些军人单膝跪地,一面唱歌,一面用剑与矛敲击地面,打出雄伟的节拍。直到那一刻,军官站起身来,拿出一根人指。一阵寒战让我动弹不得。那根小东西可能正是我缺少的手指。同行的卡菲尔人注意到我惊恐的反应,解释说那是一个古老的纪念品,取自一名乔皮族的军事领袖。这是他们神奇的仪式。

展示完毕后,首领用大刀摩挲干瘪的断指,让粉末掉在肉上。这味佐料名为战争灵药,一种可以化解良心悔恨的药剂。士兵吃下用它烹调的肉,就会失去隔膜。因为良心住在胸腔里。农夫悄悄对我们说。

圣地亚哥可没心思听这些。他在研究地形,设计伏击的方案。他单靠手势,下令让我们散开,制造出人多的假象。我们围成圆圈,藏在植被里。圣地亚哥一声令下,我们发起进攻。瓦图阿人大吃一惊,四散而逃,丢下长矛和少量枪支。其中三人倒在大锅旁,对着本可以让他们刀枪不入的魔药垂死挣扎。

从表面上看,瓦图阿人已经在丛林里消失。但就在这时,我方突然遭到子弹的扫射。我们的一个黑人士兵倒在岩石旁。我眼见他把手指狠狠地扎进土里,仿佛在阻止某种暗黑的力量将其拖走。弥留之际,他看向我,眼里盛着深井般的幽黑。我认识他。一路上他都保持沉默，因为他唯一会说的欧洲语言是英语。这对圣地亚哥而言是不可容忍的过错。

一旁的圣地亚哥痛心疾首：埋伏改变了原有的含义，猎人反而成为猎物。上尉陷入癫狂，把士兵聚集起来，用嘶吼和踢踹鞭策他们冲向敌人。他不停斥骂他们是懦夫，直到看见他们终于闷头向前，冲向不知身处何方的瓦图阿人。我和上尉留在后方。突然，我看见他蜷起身子，好似腹部中弹。我正准备呼救，却意识到他裤子上的水渍不是血，是尿。

两边骤然停火，绝对的寂静掌控了战场。圣地亚哥·达·马塔命令我们回到农舍。之前我们把行李留在那里。等我们到了农舍，上尉做的第一件事就是把罐子里的水统统倒在自己身上。士兵们对这种浪费的行为表示不解。

我们害怕卡菲尔人会设下复仇的圈套，于是拿上一切有用的东西，把牛绑在林子里，又砍下一些树枝，把货车藏起来。我们必须轻车简行，尽快回到希科莫。农夫发觉我们的意图，急得快哭了：

"我现在唯一的活路就是跟你们走。"

圣地亚哥让他拴好牛，收拾好东西。这和投桃报李没关系。他作为向导的价值才是我们所看重的。

"我的东西？"他问，带着悲伤的笑意。

我们出发了，让这位不幸的光脚农夫，领着我们在难以辨识的环境里行路。我们听从圣地亚哥的指示，途经一个废弃的据点。我们和为伊玛尼和卡蒂尼在伊尼扬巴内河上指路的安哥拉士兵约定，在那里碰头。但据点空空如也，看不出任何有人到访过的痕迹。圣地亚哥对此并不惊讶：

"狗娘养的黑人！你就信他们的鬼话吧……"

这时，农夫说起那天早上，他从碰到的路人那里听来的故事。来人说，岸边漂来一具被鳄鱼咬去半截身体的黑人尸体。那个黑人穿着葡萄牙的军装。圣地亚哥·达·马塔立刻做出激烈的回应：

"我们往回走。去找他。"

"往回走，上尉？"其中一个白人士兵问，"我们不是刚从那里逃出来吗？"

"小托尼奥说得没错，上尉。"另一个白人也抗议道，"我们干吗要去招惹一群狼？"

"这里没有狼。没有狼，也没有老虎。我们回去，给我们的战友一个体面的葬礼。"

面对上尉的坚决，我也提出反对。改变路线无异于自寻死路。在河上还好，但去那的路上随时可能命丧黄泉。

"我不会抛下我的士兵。"上尉固执地说，"无论是死是活，无论黑人白人，我都不会抛下他们。"

他原地绕了几圈，问我要了支笔，匆匆写下几句潦草的话。之后他把纸对折，交给其中一个黑人士兵：

"把纸条带回军营，说我们晚点到。"

我让圣地亚哥的信使也捎上了我草草写就的书信。谁知道这会不会是我的绝笔。救我的是圣地亚哥。令我走向毁灭的也是圣地亚哥。

另外，我还在路上找了个人带信给伊玛尼。同样是在那里，我仓促地写下我对她的思念和迫切希望与之重逢的心情。我想过把我的爱写得更加富有诗意。但是面对白纸，我只能想出一些愚蠢至极的句子。之后，正当我万分小心地把信交给信使的时候，圣地亚哥来了，命我把纸交给他。正如我预料的那样，上尉召集士兵，高声朗读了我的信，嘲弄我的感情。最可悲的是，连我自己也出于难以置信的怯懦，和他们一起嘲笑自己。信使深深地看了我一眼，摇摇头，两手空空地离去。

第二十八章
神圣的错过

女人哭，男人骗。

（恩科科拉尼谚语）

那天夜里，我睡得像条鱼：身体在无眠的梦里，清醒地躺在充满生命的床上。我忘不掉那个场景：安哥拉人在水中挣扎，我的父亲手握淌血的基督像，手指颤抖，好似陷入癫狂。热尔马诺的离开让我感到痛苦，好像根本没有床，而是睡在石头上。不绝的痛哭沉重地压着我的胸口。眼泪没有在入睡后停止。我在睡梦中流泪，像是得到了亡者的特权。

清早，童年的场景重现：院子里晃动的扫帚声吵醒了我。是神父在扫地。"比布莉安娜呢？"我问。他没有作答。扫帚前的沙子变成了水。在神父手里，扫帚是一把桨，让水重返河流。长年来，鲁道夫·费尔南德斯扫地是为了做梦。没有任何旅行可以抵达他梦想的地方。然而，刨地的狗将他带回了悲伤的现实。在这个前路茫茫的悲惨世界里，我们又一次在无尽的尘土中窒息。

我赶跑了狗，它们在门口气喘吁吁。"狗的影子就是它们的舌头。"过去祖父常这样说。在这样的大热天里，我愿意付出一切，学会像狗一样喘气。或者更好的方法是，我希望把大地变成水。我的愿望差一点就成真了：全村的沙地都水汽氤氲，造成一种我们在无边的湖水上行走的幻觉。

"神父,我要和您聊聊。"我一边轻声说,一边取走他手里的扫帚,走回教堂。神父跟着我驱赶狗群。他走在我身旁,双手攒进长袍的袖子里。

"我知道发生了什么,我的孩子。但我也无能为力。你不该找我聊。你只能依靠上帝了。"

我加快了脚步,不愿让他发觉我在哭泣。我路过一群男人,他们在玩尼特殊瓦。但见我经过,他们停下了这局游戏。他们责备地盯着我的鞋,以为我听不懂他们的语言,大声地评头论足:"该死的乔皮人,把他们的女人都宠坏了。"

我跪倒在教堂里,好像再也无法起身。我合拢双手作杯状,里面回响着我的话语:

"上帝,我来献出自己的脚。它们完好无缺,没有流血,没有伤口。好像它们从来没有活过,只是物件,无用的物件。"

神父紧张地让我起来。

"来,我的孩子。"他说,"我们出去。"

"我不能祷告吗?"

"这不是祷告。没有人这么和上帝说话。"

他拽着我的胳膊,试图强行把我拉起来,遭到我的反抗。就在这时,神父系在腰上的串珠断了。五十九颗珠子响亮地落地,难以捕捉地在地上跳动,滚得到处都是。屋顶橡梁上的鸽子受了惊,好奇地偷看着这场奇特的骚动。

"比布莉安娜呢?"我问。

"她去北边了,处理她兄弟的丧礼。她要在那待一段日子。"

我请求神父让我一个人静静。我想独自占有整座教堂,我想让寂静将我拥入怀中。神父走的时候被手串的念珠绊倒。我听见他咒骂着天使和恶魔。

之后,在那种仿佛时间从未涉足教堂的安宁中,我逐渐平复情绪。我在木船里蜷起身子,睡着了。我感受到上帝在发出声音。起初,圣言夹杂在鸽子的咕咕声里，但接着有了形状，显然造物者正是对我说话。我疯了，但疯狂为我打开了通往圣言的道路：

"你的选择是可悲的：要穿鞋不要光脚。因为这一选择，你永远不会完满。作为交换，鞋子会成为你身体的一部分。你做出这样的决定，也要付出对应的代价：因此你今后的步子不再独属于你一人。你会穿着皮革制成的鞋掌走上远离自身的道路。你会不同于其他黑人女性。跳舞的时候，你的腿也不再属于你。每当你系紧鞋带，都将束缚自己的灵魂。"

⚭

神父等在教堂门口。他说听见我在里面边哭边祷告。我的痛苦没有意义，神父继续说：父亲不会回心转意。我注定被献给扎国王。卡蒂尼·恩桑贝厌倦了在这个坏人当道的世界里当个好人。当他想背信弃义，却只会最低等的复仇手段。一个温顺的男人，一个和蔼的乐手，一个宽容的父亲：这一切都成为过去。

我深吸一口气。思念并非出自过去，而是源于虚无的现在。没有任何回忆能救我。

"他们说我小时候的那个马蒂马尼教堂塌了。洪水吞噬了它。我怀念大海的声音。您不怀念吗，神父？"

"你想听实话吗？我一直都很讨厌在海边的日子。"

神父痛苦地忆及往昔。住在海边的时候，海水每天晚上都会漫进他的大脑。没有一场睡梦大海不吞噬房间的黑暗，淹没神父。神父还担心眼珠子会掉出眼眶，总是在睡觉的时候用手捂住眼皮。等他醒来，一行清泪淌过脸庞，盐灼伤了皮肤。

"大海说我会回去的。这才是我痛苦的原因。因为那个时候，我已经不知道如何憧憬归程。那时的我就跟你现在一样，我的孩子：无法睡觉，无法生活。"

第二十九章
热尔马诺·德·梅洛中士的第十封信

贡古尼亚内是我认识的最世界化的男人：他会说多国语言，和不同的国家谈判。他身穿亚洲的服饰，佩戴中东的珠宝，身边簇拥的大臣有白人也有黑人。他左手抱着非洲的妻子，右手抱着欧洲的情妇；白天喝着当地的白酒，晚上啜饮波尔图的红酒。

他的记忆将长存于那些不懂书写之人的梦，或是那些失去梦想之人的书。

（神父鲁道夫·费尔南德斯）

前往希科莫的路上，1895 年 10 月 29 日

尊敬的艾雷斯·德·奥尔内斯中尉先生：

阁下，我能向您倾诉我对伊玛尼的思念吗？中尉有耐心承载我无尽的悲伤吗？阁下可能会问我有没有给那个女人写信。我的答案是没有。当我试图将真情流泻笔尖，有东西在我心中破碎，像是完成了已知的结局。

但您不用担心：我不会再劳烦我们的差役送信。这些信使只会服务于军事活动。信使带走两封信才过去一天。一封是圣地亚哥的简报，另一封是我过于冗长的私信，必定让阁下连读到第二段的耐心都没有。但是，若

您读到最后，就会知道我们往回走是为了安葬我们的一位士兵。我们在伊尼扬巴内河畔埋葬了那个不幸的安哥拉人，或者说，他所剩不多的残骸。鳄鱼给他剩了一副躯干和一颗头颅。我没有勇气直视那副惨况，圣地亚哥也离得远远的。但在下葬前，他下令让一个黑人士兵去查验尸体。士兵仔细地检查了尸体，突然在倒霉蛋的左侧脖子上发现两个小孔。

"杀死他的不是野兽。"

葬礼过后，我们冲洗一番，还洗了身上湿漉漉的衣服。所有人都几近半裸，等着太阳晒干衣物。一个白人士兵在高处的岩石上放哨。其他士兵在更靠近河流的地方燃起一小簇篝火，烹煮咖啡。我和上尉留在慷慨的树荫下休息。圣地亚哥拿了根树枝扒拉沙地，打发时间。

"您在写什么，上尉？"

"我不是在写字，我在画画。我在画一个国家。我来教你：首先从国旗开始，看到了吗？这个满是条纹的方块，就是他妈的国旗。"

"国旗很漂亮，我的上尉……"

"我不是你的上尉。等我们明天到了希科莫，我就把你扔在军营门口。你再也不会见到我。"

"您不和我一起进去？"

"不知道。再说吧。"

他解释说：和他一起来的军人不属于常规军。我记起神父鲁道夫用的词是雇佣兵。他摇摇头，表示反对。

"我们是，怎么说好呢，一支独立部队，执行别人完成不了的任务。"

阁下，我想这些您应该都知情，才在此如实相告。但对我而言，这绝对是个惊人的消息。

上尉又在沙地上画了起来。"这里少一个军营。"他检查作品的时候表示。他又说："你从没当过一天兵，曾在杂货店度过一个长假，也许你可以画出那个军营……"

在随后的停顿中,我们可以听见风在叶间穿梭。圣地亚哥却在听别的声音。"在这里,我们如同野兽,"圣地亚哥说,"言语和沉默交替进行。"他打了个信号,另一侧的哨兵平静地交叉双臂,作为回应。我记起我们在萨那贝尼尼的相识,还有比安卡问起马塔是否认识莫西尼奥。我记起那时,伊玛尼对萨那贝尼尼的谈话充满好奇。

"上尉您还记得伊玛尼问您是否见过贡古尼亚内吗?现在我也想问,您认识加扎国王吗?"

圣地亚哥·达·马塔曾拜访过曼雅卡泽加扎国王的王宫。他向我描述了那次会面的细节。那时他护送若泽·德·阿尔梅达参事,参与无穷无尽的外事谈判中的一次。阁下也参与其中。等进入贡古尼亚内的领地,他像每个去到那里的欧洲人一样感到诧异。那里没有雄伟的宫殿,只有几个简单的茅屋;没有奢华的宫廷,只有一个斯巴达式的简朴的庭院:王妃们席地而坐,孩子们光着脚,半裸着身子。加扎国王给他留下了深刻的印象。据圣地亚哥说,加扎国王寡言少语,只用单个音节发表意见。虽然他嗜酒如命,却一直在谈判时保持清醒。贡古尼亚内特别擅长装聋作哑,表现得好像对王国官方语言——祖鲁语——以外的语言一窍不通。在接见官员时,他也从不独裁专断,而是任其畅所欲言,从不横加打断。

"管它是非洲还是葡萄牙,官员的角色永远都在谄媚和弑君之间摇摆。"圣地亚哥又说:"让那些人民的代表说话,就是让整个国家闭嘴最有效的办法。"

现在我向您转述圣地亚哥从他所见所闻中得出的结论。他认为,那个黑人首领和他简朴的生活方式,比我们的君主以及他像在中世纪那般挥霍无度的王朝,更像一个国王。那个穿着便装的男人,比我们那些在阅兵中颐指气使的将军更像一个军人。他闭着眼睛娓娓道来,之后疲惫地叹了口气:

"让狗屁国王都他妈的去死吧,白的黑的都是狗屁。"

"我是共和党人,我的上尉。"

"放他妈的狗屁。你以为共和党人获胜后,就不会在国王的王宫里寻欢作乐吗?"

您会明白,阁下,这封信不单描述了非洲大陆上一次微不足道的入侵。因为某一刻,一个黑人士兵引起了我们的注意:在山崖上放哨的士兵睡着了。白人士兵的懒散引来我们一阵哄笑。我们管那个士兵叫小托尼奥。只有圣地亚哥怀疑瞌睡的背后另有隐情。他的怀疑是对的。小托尼奥死了。血顺着他的脖子流下来。上尉毫不怀疑:和安哥拉人身上如出一辙的两个圆孔,同样的死因,同一个凶手。他下令四处搜查,谁知道凶手会不会还在附近逗留。但我们一无所获。

本来去埋一个,到头来却埋了俩。没有任何言语为逝者的灵魂祷告。我们合上坟墓,在上面留下两个临时的十字架。我们只能听见河流和其中一个士兵的啜泣声。

圣地亚哥对这些悲痛的流程冷眼旁观。他熄灭篝火,命令我们重新踏上返回希科莫军营的旅程。他用靴子抹平沙地,消灭了在那一小片土地上凭空出现,又转瞬即逝的国度。

"如果你想要遇见一名真正的军人,"上尉对我说,"就该去军队外面找。因为我,我亲爱的士兵……我已经忘了你的名字……"

"我叫热尔马诺。"

"对,亲爱的热尔马诺,我得承认:如果有一天我正式参军,也只是为了放逐的乐趣。"

阁下不必动怒,我只是转述了那个疯子上尉的想法。我这样做是为了让您了解您的下属,认清能否依赖他的忠诚。等我们再次出发,圣地亚哥咒骂了那些希望靠打仗提早退休的人。他聊完这个,之后在剩下的旅途中一言不发。我突然想让上尉看看我老母亲的来信。我不光将它带在身上,还留在了记忆里。我希望上尉能理解我为何会投身于奇特的命运:变成孤儿让我第一次成为儿子。所幸我没有鲁莽地顺从这种冲动，和中尉分享这些自作多情的奇怪思考。我只愿意和您，我的中尉，分享这类性质的事情。

您知道路上发生了什么吗？我惊奇地意识到那封信并非家母所写。因为那个女人在我幼时就抛弃了家庭，抛弃了那个她从未成功逃离的家。我其实是被领养的。被我的亲生母亲领养。您能理解吗，阁下？生我的女人叫作"母亲"。但之后，她又变成"妻子"。是后一个女人在照顾我。用谨慎的爱、过剩的柔情和轻柔的低语。我是半个儿子，又怎么能成为完整的男人？或许这样更好，我只有一半存在。这样一来我对爱人的思念也就少了几分痛苦。

第三十章
艾雷斯·德·奥内拉斯中尉的第六封信

> 人们在靠近贡古尼亚内的时候,会感受到一种难以解释的亲和。他眼神和善,言辞温良,这些特质让人不由对他心生好感。要知道在那副温和的姿态下,贡古尼亚内有着钢铁般的意志,不会在任何情况下屈服。
>
> (居民马尔克斯·热拉尔德斯,《1888年报告》)

希科莫,1895年11月1日

亲爱的热尔马诺·德·梅洛中士:

我从圣地亚哥的信使那里收到了你的来信。命运多么讽刺:当您来到这里,我却去了伊尼扬巴内。上级指派我和其他几名军官,一起部署最后的进攻,击败所谓的"加扎雄狮"。

我们的相遇总是奇妙地错过,无限期地推迟,就像柏拉图式的爱情的桥段。圣地亚哥·达·马塔是个粗人。希望您对他多点耐心。我也必须重新审视很多对他人的看法。很多我们所谓的感觉,最后都成了偏见。正因如此我与莫西尼奥·德·阿尔布开克重归于好。我们既需要深思熟虑,也需要莽汉。

您无须担心违抗我的命令。当您拒绝执行我交给您的任务，我也更加清楚了自己的职责。我亲爱的中士不断给我寄来多姿多彩的私信，为军队提供了极其宝贵的服务。我对莫桑比克人民的认知在官员里几乎无人能及。我的朋友不愿意当我的间谍？但您会发现葡萄牙很难在非洲大陆上找到比您更出色的间谍。通过你绘声绘色的描述，我渐渐察觉我们对渴望征服的土地知之甚少。这里的人民是如何看待自己的？他们又如何称呼自身以及自己的国家和领袖？比方说，除了我们，没有人会把"瓦图阿人"叫作"恩古尼人"，也没有人使用"加扎王国"这个名字。卡菲尔人自己是怎么叫的？他们又是怎么称呼"国王"的？他们把贡古尼亚内称为恩科西，这也是他们对上帝的称谓。这么叫是合理的。他有着神赋的权威，像天父一样奖功罚罪。我们的战争不光涉及军事。它是一场圣战。

最后，这封信旨在认可你长期坚持的观点：如果我们要打败非洲人民，就必须加深对他们的了解，深入他们的世界，和他们一同生活。他们已经这么做了几十年了。观察我们的生活方式，惊叹于我们的思维模式，学习我们的语言。他们无须写信就能传播这些丰富的信息。好像有一只无声的鼓，把我们的能力传遍非洲内陆，但更多是我们的弱点。

在信的最后，我想告诉您，我还从信使那得知你的情人伊玛尼和她的父亲已经离开萨那贝尼尼。他们一起去了瑞士人林姆的医院，天知道他们有何企图。当心，我的中士；作为她未来的丈夫，您绝不能对那个年轻美貌的女人掉以轻心，更何况她还是个黑人。感谢上帝，我在葡萄牙没有留下等我回家的女人。人们只能相信母亲无条件的忠诚。其余的无论是女友还是妻子，分离的时间越长，她们的等待就越虚假。

第三十一章
病世下的医院

瑞士传教士不遗余力地博取黑人的好感，对其千依百顺，甚至给了他们缺乏教养的自由，比如说互相握手。使团一带的黑人都很适应这种友好的问候方式。有一次我去到那，使团里的一个黑奴居然径直朝我伸手！这或许是教化原住民最好的办法，却让我觉得难以忍受，更别说认同了。对他们好，教育他们，让他们有一技之长，将来可以变成对自己和社会有用的人——这没问题，先生。但如今要屈尊降贵到向粗野无知的黑人伸手，这绝对不行。

（AHM—ACM，E 区，169 箱，506 号文件，由赛赛地方官提交给洛伦索·马贵斯总督，1911 年 11 月 28 日）

伯莎·里夫坐在家门口，打着瞌睡，腿上摊着一本翻开的相册。她在等丈夫乔治·林姆回家。听见我们的脚步声，她醒了过来，平静地接待了我们，好像预料到我们要来。

等我们走近的时候，父亲只能发出气声，和一句拖长的"抱——歉——"。我主动解释我们的来意。很快，我发现唯一能让我们沟通的语言是尚加纳语。跟一个欧洲人用非洲语言交流是一种奇异的体验。我头一次为一门非洲语的普及感到骄傲。

女人像是蜡做的,纤细而脆弱。我不由轻声细语,唯恐提高一点音量就会让她支离破碎。她疏离而不失周到。可以,她毫不犹豫地表示同意,在她丈夫回来之前,我们可以在医院的储物间过夜。她对我们唯一的条件就是,他,她说着指了指我的老父亲,是唯一能和我睡一间房的男人。

"他是我的父亲。"我澄清说。

里夫女士笑了,斜眼看着我的父亲。他一动不动,双手在胸前抓着一顶旧草帽。

"伊丽莎白会安置你们。"瑞士人最后说,"你们坐,一会儿她就来找你们。"

我们礼貌地离开,坐在院子里的老树根上。我们在这里所看到的一切都井然有序,不像萨那贝尼尼那般混乱不堪。

其中一间茅屋传来欢声笑语:那是伊丽莎白·西法杜梅拉,她在教黑人女孩裁剪的技艺。两个月前,课程刚开始的时候,院子里坐满了女孩,兴致勃勃地想要学习新的手艺。人数很快大幅下降:她们的父母并不看好家务以外的歪门邪道,害怕女孩会忘记作为妻子和母亲的传统角色。

后来,医生的妻子挥舞着相机,喊我们过去。我以为她想拍照留念。父亲也这么想,赶忙理了理头发。然而,伯莎只是想谈论她丈夫的业余爱好。乔治忘记带上他形影不离的柯达让她感到宽慰。她从未和丈夫明说,但那些几乎全裸的黑人女性的照片让她十分不快。她翻动着相册,向我们展示那种天真的不知羞耻。知道丈夫每日和那些女人厮混是一回事,怀疑丈夫久久凝视着这些淫邪的肉体是另一回事。正因如此,伯莎严格筛选了在当地和瑞士刊印的照片。这些照片在沃州的长老会总部会经过二次审查。等发回曼德拉卡齐,这些精挑细选的图像将和福音信条严丝合缝。比方说,他们会抹除所有酋长的椅子。伯莎知道原因:椅子象征着罪恶的现代性。这些物件来自欧洲,扭曲了"纯净"初民理念,与他们"自然状态"的时间进程相悖。瑞士的牧师被选中拯救野蛮的初民。他们对那些人拥有神圣的命名权，给他们取名为"聪加人"。他们身负神圣的职责，保护这群人免受新时代邪恶的影响。

"我丈夫要不了多久就回来了。你们会知道，他是个圣人。"

突然，一群吵闹的女孩从我们身边跑过，消失在乡野的屋舍间。下课了，伊丽莎白过来和我们打招呼。缝纫课老师听从伯莎的指令，把我们带去投宿的茅屋。一路上，我都在观察带路的女人，心想：如果乔治·林姆把这个女人的照片寄到欧洲，必定会让长老会的高层心神荡漾。伊丽莎白是个高傲的混血女人，深知自己的美貌。她打扮得很摩登，穿着短袜和扣带的凉鞋。那里没有一个女人会像她那样走路：踩踏着大地，不说一句抱歉。那个混血女人是非洲安稳秩序中的一个错误。为了安抚清教徒，神义已经惩罚了那种不正当的美丽：伊丽莎白遗传了她爸的梅毒。她手脚上深色的斑点就像印在罪人皮肤上的刺青。

一路上伊丽莎白都跟我并排走在一起。她把我的鞋和她的凉鞋做比较。有一刻，她问我是不是也是混血。我回答说不，我是乔皮族的黑人。她怀疑地笑了笑："这是你的想法。你比我还像混血，我的孩子。你还不知道你要为此付出什么样的代价。"

我和她一样，都是边界上的产物。那些自以为血统纯正的人对我们深恶痛绝。并不是因为我们本身如何，只是因为不符合他们的期待。

父亲并不理会我们的对话，他出神地跟在美丽的伊丽莎白身后。卡蒂尼·恩桑贝从来没见过像她一样的女人，有着如此混杂的皮肤和名字。

"在门口脱鞋。"女主人吩咐说。

她靠在门框上，打量着我的身姿。

"你知道你该做什么吗？"伊丽莎白问，"你该戴上头巾。"

藏起头发，隐去我的身份——这就是她的建议。一个永远有着另一个种族的女人。她从隐藏的秘密中获得权力。"变得神秘。"混血女人总结说。她又说：

"之后让医生给你拍照吧。他会喜欢的。喜欢得不得了。"

混血女人走了,但她离开时我们依然能听见她的笑声。屋子宽敞透气。角落里的一篮子布料吸引了我的注意力。我在线团、纽扣和针之间翻找。我的手指在一个黑人女孩模样的布偶上流连。我轻抚着这个蓬松的小人,似乎在回顾自己成为女孩所缺失的东西。衣柜里满是过冬的衣物,死气沉沉地挂在衣架上。面对父亲的不满,我拿过皮草披在肩上。我甚至找到几卷用细绳捆住的纸张。那是伯莎写给她丈夫的信。父亲制止了我的窥探,责备我不该搅和白人的东西。这是他的原话:"白人的东西。"

也许混血伊丽莎白说得对。我应该放飞自我,不再把自己打扮得四季如一。我不需要除了热尔马诺眼睛之外的镜子。葡萄牙人没来的时候,我就像一个瞎女人一样对自己身体的美丽知之甚少。现在,那个男人每次看向我,身上都会燃起一束光亮。毕竟,热尔马诺和所有男人一样,他们没有故乡。他们永远从女人中诞生。

CR

我们透过窗户,看到瑞士医生带着他的一个随从回来了。他和我们听到的描述分毫不差:身量不高,额头宽大,有着清澈而明亮的眼睛。

乔治·林姆没有亲吻一直坐在院子门口的妻子。夫妻俩清楚:不该在公共场合表露爱意。除此之外,传教士连日来在曼德拉卡齐和洛伦索·马贵斯之间的腹地赶路,累得筋疲力尽。伯莎·里夫匆忙藏起相册,把散落的照片塞进围裙宽大的口袋里。接着,她冲逆光中丈夫疲惫的身影坦然一笑。远处还有一头母骡和一名年轻的向导,他们也是使团的成员。

乔治·林姆刚刚经历了一项艰难的任务,王室特派员安东尼奥·埃内斯召他前去。葡萄牙人希望瑞士人能说动贡古尼亚内,交出齐沙沙和马哈祖——两个在洛伦索·马贵斯反叛的首领。伯莎了解丈夫,知道他对原则的坚守：那场会面成功的可能性微乎其微。她的丈夫也肯定了这点：

"他们恨我们，伯莎。"医生叹了口气，松开了肩上的背带。"他们一旦找到机会，就会把我们驱逐出境。他们要找一只替罪羊。一只白色的替罪羊。"

"他们不能赶我们走。所有人不是都有在非洲工作的权利吗。无论是新教徒还是天主教徒？他们不是签署了欧洲条约吗？"

"条约护不了我们周全。葡萄牙会狡辩说我们没有安分守己地传播福音。他们会指控我们给黑人分发武器，鼓动他们造反。"

然而，在会面中，安东尼奥·埃内斯却摆出一副真诚而正直的做派。这位王室特派员个子很高，骨瘦如柴，脸颊消瘦，眼下还有很深的眼圈。瑞士人没想到的是，当他不愿服从葡萄牙政府自行离境时，埃内斯却赞许了他的决定。埃内斯是这么说的：

"我不能阻止你煽动反叛。但我希望你不要背叛葡萄牙。"传教士应该回曼雅卡泽，因为国王一定会听从他的谏言。这样就能避免一场恶战。谈话最后，埃内斯的语气接近威胁：如果真的发生武装冲突，葡萄牙人会对非洲暴民和瑞士叛徒一视同仁。这就是在洛伦索·马贵斯发生的事。

"事态真的这么严重吗，乔治？"娇弱的妻子问。

"收拾东西吧。你和孩子们赶快离开这里，越快越好。"

"别摆着你进门时候的那张脸。我们的孩子需要见到他们自信微笑的父亲。"

伯莎还不知道，医生的忧虑不光是因为王室特派员的威胁。他在路上遇到了一支几百人的葡萄牙和安哥拉部队，向加扎王国的首都进发。

"他们来了，正在包围曼雅卡泽。战争已经开始了，伯莎。"

女人祈求上天保佑。这时，她注意到我们在屋子门口观望，偷听夫妻俩的对话。她向丈夫解释了我们在此的原因。医生耸耸肩，让我们等着。他得先休整一下。此外，每天都有几十个病人，带着他们庞大的家族上门。在非洲，疾病不是一个人的事。你还得照顾他们的亲属，他们总是一大家子住在一起，不分彼此。

"您要休息吗，老公？贡古尼亚内来了。"

"在传教会？"

"他在医院等你。昨天夜里到的，你猜他和谁一起来的？菲尔斯夫人。所幸她今天去德兰士瓦看望她的丈夫了。但你知道我对这些事的看法，乔治，我们绝不能在使团里姑息这种不知廉耻的丑事。"

"国王有几百个女人，有什么区别吗？"

"这不一样，你心里清楚得很。"

"贡古尼亚内想干什么？"

"他说他身体不太舒服。"

"他的感觉是对的。"

病的不是国王，而是他行将就木的王国。他的士兵正在大规模地叛逃。他们难饱饥肠，有的逃到矿场，有的回到他们最初被掳走的地方。

"国王孤立无援。我们更加无依无靠。"

当医生朝医院的方向走去时，妻子还在问：

"不用我帮你脱掉靴子吗，老公？"

第三十二章
艾雷斯·德·奥内拉斯中尉的第七封信

> 在野蛮的非洲，战争必须毫不留情地摧毁一切，才不会让人觉得怯懦。黑人不懂何为仁慈，何为宽大。全力以赴地痛击敌人，是战士唯一的职责。
>
> （安东尼奥·埃内斯，《1895年非洲战争》，1898）

伊尼扬巴内，1895年11月3日

亲爱的热尔马诺·德·梅洛中士：

  我们在马古尔的大捷，重振了本人作为士兵的尊严和身为葡萄牙人的骄傲。通过这场行动，我们让安东尼奥·埃内斯特派员含沙射影的诬告消停下来。这严重损害到我们非洲军的大英雄——爱德华多·加利亚多上校——的声誉。几周前，没完没了的电报重复着相同的信息：特派员以"爱国主义的责任"为由，"请求"上校返回曼雅卡泽。加利亚多精妙的回复逗乐了我。他说没了安东尼奥·埃内斯爱国教育的感召，他也能履行自己的职责。他还说，和上级联系时，他不习惯收到"请求"。倘若特派员下达指令，他会毫不犹豫地服从。这份高贵的勇气宽慰了我。那些人一辈子没出过舒适的办公室，一辈子都不会理解这类赫丘利式的任务的价值——跨越千里运送军备，在非洲腹地的河流、湖泊、沼泽之间穿行。

这是我们所经历的最可悲的战败，因为我们连打响任何一场战斗的勇气都没有。正因如此，马古尔战役令我格外沉醉。狂喜挥之不去，直到几日后，我看见毕勒尼广阔的平原上飘荡的烟柱。他们焚毁村庄。我看见几百个卡菲尔人，神情恍惚地背着为数不多的行李穿过腹地。我承认眼前的景象让我感到难过。但这就是战争的逻辑。光是战胜瓦图阿人的军队还不够。和恐惧相比，军人的血一文不值。这就是骇人的事实：只有平民的死亡才能让国家感受到战败的沉重。

在那段混乱的日子里，发生了一件让我终生难忘的事。我现在就告诉你。亲爱的中士，你将知道一场大火把我们在希科莫的军营焚烧殆尽。那是一个月黑风高的夜晚。军人都已入睡。火舌吞没了绝大部分房屋，才引发警报。在尖叫和骚乱中，一个棕色皮肤、身形矮胖的无名士兵冲进医院的棚屋，救出所有病人。紧接着，这个年轻人又在火焰中躲闪，跑进军火库，拖出那些易燃易爆的危险品。之后，他还跑去马厩，砍断马绳。那些畜生在黑暗中落荒而逃，踢腿跳跃，发了狂似的横冲直撞。但几小时后，它们都安然无恙地回来了。

等火势平复下来，我在黑暗与废墟中找寻那个士兵，想要表彰他的英勇。但我没找到人。第二天，我做回日常的事务，将道谢的事抛之脑后。之后的日子里，我把这事忘得一干二净。

有一次晨起操练的时候，我又一次见到他。那就是失火那晚的英雄。如今，他站在白日底下，给我造成了巨大的幻灭。只消一眼就知道：那都算不上一个士兵，他从来没打出过一发子弹，步枪几乎压垮了他的肩。他不会用瞄准镜侦察，看起来反倒是敌人在监视他，狙击他的灵魂。他在我身旁开出第一枪的时候，整个人都快散架了。我想对他说些鼓励的话，在安慰之余表示感谢。但我又一次推迟了和这个年轻士兵的接触。

等到马古尔战役，我发疯了似的来回巡视，命令士兵一直开枪。这时,在遮掩的迷雾和震耳的爆炸声中,罗德里格斯·布拉加医生绊倒了我。他双膝跪地,正在救治一个受伤的士兵。他的首要任务就是让那个脖子中弹的男人保持清醒。医生不停摇晃着伤者,恳求说:"跟我说说话,别睡过去。"

我吃惊地看着这个将死之人。他就是抗击大火的英雄。那个冒着生命危险拯救了无数战友的男人,如今却在布拉加医生的怀里失血而亡。没有任何英雄主义可以救他,没有任何奇迹可以让他重返人间。

那时,医生还在晃动失去生命的躯壳。是我强行让年轻人脱离医生的臂弯,轻轻地让他放在地上。医生两眼失神,还在絮絮地说:"别让他睡过去,别让他睡过去。"布拉加的手臂也还在空中摇晃,就像母亲为离别的孩子哭泣时的动作。

我那时想到,我们就应该这么做:摇晃过去,让时间活下来。也许这就是我常给我那可怜的母亲写信的原因。每一个词都是在拉扯虚无,是我刻意的摇晃,以免在这条荒凉的道路上沉睡。

当那个无名的少年倒在我的怀里时,我想到了你,亲爱的中士。我敢肯定你也没打过仗。所有人都会说这是生命中至关重要的一课。但请相信,我亲爱的朋友,没有任何收益能弥补我们丧失的人性。很快我就要晋升到我应得的高位。那时,我会兑现我的承诺;而你,我年轻的中士,将平平安安地回到你的老房子。

这次行动让我感到沉重,不是因为它有关军事的部分,而是剩下那些我不理解的东西。世界可以更简单、更有序,就像我们在军校学的那样:欧洲人在一边,非洲人在另一边。

我们面临的情况远没有那么简单。第一个问题是,我们葡萄牙人是谁。在我们当中,异见的浪潮比分隔天使与魔鬼的更加汹涌。这些冲突不仅限于卢西塔尼亚人内部。因为欧洲也分为不同阵营,相互争斗。有的关乎政治,有的关乎宗教。天主教徒和新教徒争吵不休,好像他们信奉的不是同一个上帝。英国人和葡萄牙人之间的敌意更甚白人和黑人。如果白人内部缺乏团结,那么同样不存在一个叫"黑人"的团体。部落与部落千差万别,以至于我们从来叫不准他们的名字。尚加纳和布因热拉是这里人数最多的部落。他们对我们葡萄牙人深恶痛绝,但更憎恶贡古尼亚内的人民。乔皮人和恩达乌人也都强烈抵制黑人国王的统治。然而,国王集结的大部分军队都来自敌对的部族。

总而言之,我们当前的盟友可能明日就会变成对手。在敌我难分的情况下,我们要如何发动一场战争呢?

第三十三章
国王的间日热

从前，兄弟五人睡在一张小床上。他们没有一个晚上不在为那张小得可怜的毯子争吵。天一冷，他们就来回拉扯被子。没有一个解决方案能让所有人都满意：天寒地冻，人多衾短。直到他们听见门外传来狮子的低吼。一时间所有人紧紧依偎在一起，那条毯子盖住五兄弟绰绰有余。这是因为恐惧化少成多，化有为无。

（恩昆昆哈内讲述的故事）

乔治·林姆医生从我们身边走过，连招呼都没打，就命令我们跟他去木屋。国王在那里下榻。两个恩古尼士兵盘坐在门口，守卫着临时的病房。哨兵中间横着一张空椅，它的扶手和靠背都有装饰，座上铺着斑马皮。这是士兵们运来的宝座，确保国王不用坐在地上。他们把宝座留在室外，招来一大群苍蝇，爬满了大半张座椅。

乔治·林姆细细端详着我的脸，好像我们相识已久。他让我们等在原地。父亲抓住机会说明来意：

"我不想麻烦你，多科泰拉。我想和贡古尼亚内陛下说句话。因为我的女儿……"

还没等父亲把话说完，医生就进了病房。我透过漏进茅屋里的一点光亮，提心吊胆地往屋内窥探。我猜躺在轿椅上的男人就是贡古尼亚内。屋里回响着沉重而断续的呼吸：国王就睡在数米以外的地方。我祈祷那将成为他的灵床。

传教士走近，用白毛巾擦着手，用洪亮的声音宣布：

"恩科西，我的国王。我刚从洛伦索·马贵斯回来，给您带回了一些坏消息。"

国王默不作声，一动不动，好像没有注意到他委任的私人医生来了。瑞士人把手放在病人的额头上，顶上戴着一顶奇罗迪角，也就是王冠。为了更好地测量国王的体温，医生掀起布制的冠冕。它的外侧裹着一圈深色的蜡。王冠造出了一条汗河，从国王的脸一直流到耳垂上的裂缝，像深色的湖泊一样发光。一根细小的牛骨穿过奇罗迪角，上面不时有蝇虫停落。国王不顾医生的建议，用那玩意儿挠头掏耳。

加扎国王把一盒碎烟叶放到胸前，艰难地起身。与此同时，瑞士人则坚持报告他的坏消息：

"葡萄牙人已经在包围曼德拉卡齐了。他们有上千人，恩科西。"

"我需要你的推拿。"贡古尼亚内打断了对话。"我身为一国之君，却使唤不动自己的膝盖。"

医生叹了口气，他太了解那个病人了。因此，他耐心地坐上轿椅剩余不多的位置。

"我和您说过，恩科西：您应该把门前的过道建高一点。"

"想都别想。我宁愿失去膝盖，也不想掉脑袋。"

瑞士人笑了。恩古尼茅屋的屋顶低到快要贴地了。除非跪地爬行，任何方式都进不了屋子。这是一项安保措施。图谋不轨的入侵者会惊讶于他所处的无助姿态。

国王用手揉了揉腿，又仔细端正了头上的王冠。这时他才开口：

"你还是忘了外边的事，先管管我的病吧。就算那些葡萄牙人把军营和堡垒翻个底朝天,也只会一无所获。土地就是我的军营,人民就是我的军队。"

他用一个动作赶跑了苍蝇,擦干流到他大肚皮上的汗。

"我跟你讲过五兄弟的故事吗?"

"讲过很多遍了。这一次,没有故事能挽回您的安宁。看看马古尔发生的事吧。"

"马古尔不是我的军队。你知道我的情报官怎么说吗?"

"您跟我说过多少遍情报官靠不住?"传教士问。他又凝重地说:"这次不一样。"

这次的情况史无前例:葡萄牙的三个纵队,包括武器精良的骑兵和步兵,在曼德拉卡齐集合。除了刚从葡萄牙过来的上百名白人士兵外,这支队伍还包括六千黑人士兵,按部落划分为不同分队。林姆提供了具体细节:潘加和约莫伊内提供两千印度军。马辛加区和扎巴拉的首领也派遣人手,对贡古尼亚内发起最后的进攻。

"你在路上亲眼看到这些人了,多科泰拉?因为我敢保证:那帮人已经走了一半了。"国王不悦地说,"饥饿把他们变成逃兵。"

"您的士兵不会叛逃吗?"瑞士人问。

"萨维河强大的巫医,"加扎国王反驳说,"让我的士兵坚不可摧。"

传教士捋了捋他早衰的灰发:他无法驳倒这样的妄自尊大。

"您病得很重,我的国王。但病的不是膝盖。"

"忘了战争吧,多科泰拉。我在这里就是一个普通人。今天我在感受自己。"

医生知道这是我们黑人抱怨的方式。我们说我们在"感受身体"。

菲尔斯夫人,那个德兰士瓦白人,在离开医院前为他按摩过膝盖。国王说。也许还有身体的其他部位,林姆想说,但忍住了。他不情愿地卷起袖子,以强大的自控力把香膏抹在病人肥大的躯体上。国王注意到他仓促而逃避的姿态。

"你觉得羞耻吗，医生？像我的妻子那样照顾我让你感到羞耻吗？服侍一个如此位高权重的男人应该让你感到荣幸。"

"我很荣幸能有您这样的病人。"

"我不相信任何人，包括自己的卫兵。他们今天为我搬来宝座，明天就能夺走我脚下的土地。"

恩昆昆哈内坦白了自身的脆弱，这让欧洲人颇为动容。还有别的疾病，国王说，如同影子一般降临的无名之症。

"我的梦带我飞到很远的地方。"

这不是隐喻。林姆知道在国王的语言里，飞翔和做梦是同一个词。

"抓住我的腿也好，绑住我的腰也罢，但不要让我这样在天上飞。你有你的力量：揪出是谁在折磨我。"

"没有人加害于您。您这种情况叫失眠。"

"他叫马菲马内，是我的亲兄弟。他们都说是我杀了他。"

"他们说？"

他记起无数种有关谋杀的回忆。因此他才会在那里向一个外国人吐露恐惧。他不想动用自己的巫师。他不再信任他们。

医生听到这一请求笑了。很久没有人向他提出过在专业方面能让他如此得意的请求了。催眠是他的专长，也是他学习医学的原因。这次他终于有机会一展拳脚。尽管这遭到很多同事的鄙夷，在那些人看来，催眠更像巫术，而非科学。

"闭上眼睛，恩科西。"

然而，医生却在某一刻犹豫了：要怎么催眠一个语言不通、认为飞翔和做梦是同一个动词的人呢？

"您觉得在您身上发生了什么事？"

"这就是问题所在，多科泰拉。我只有做梦的时候才会思考。但我不知道我在梦里是谁。"

"您梦到了什么，我的国王？"

"在我做的所有梦里，有一个控制了我。入睡之人皆是我的子民，而我自己却沦为梦的奴隶。"

"跟我说说那个让您痛苦不堪的梦。"

此时，医生的语调如此轻柔、微弱，让我不得不俯身越过门槛。哨兵们睡得正沉。一阵迟缓的沉默后，我听到贡古尼亚内低沉的叙述：

"我没有杀他，杀他的是那些老人和官员。我只是下了诏书，这也成了我最大的错误：我的兄弟没有死。马菲马内离开了他的生命，入侵了我的。"

"是什么样的梦让您如此困扰？"医生闭着眼，又问。"告诉我，穆顿卡齐，把你的梦说给我听。"

"问题来了：那不是我的梦。我在睡觉，我的兄弟在我体内做梦。"

穆顿卡齐闭着眼睛，手掌撑着座椅说道。医生也闭眼听着他的叙述。国王的声音没了先前的确切，成了昏暗房间里的轻喃。

在恩昆哈内的梦里，他的兄弟还活着。或者说，在生河和死河的边界上挣扎。弥留时分，贡古尼亚内的手臂变成鹰爪，把他按进湖里。马菲马内看起来接受了自己的结局。很快，他的抽搐变成手脚微弱的挣扎。王储的死亡近在咫尺，很快他就不再动弹，就像浮在水上的木头。两兄弟就在那里对峙了几个小时。

但准确来说，死亡没有发生。恩昆哈内感觉到他兄弟的卷发逐渐在指间溶解，死人的脑袋却被裹在滑腻的苔藓里肿胀开来。马菲马内的四肢也在以肉眼可见的速度收缩，在炽热的水下一个畸形的怪物逐渐成形。起初他看起来像只水怪，但很快就清楚无疑：他的兄弟成了一条鱼。他活着，成了贡古尼亚内身边的一条鱼，也是他的兄弟。如今，每一处江河湖海都住着那个可怖的生物，保守着他罪行的秘密。

加扎国王说完后浑身冒汗，气喘吁吁，最后甚至有些语无伦次。他低语时已经开始神志不清：

"在我的王国里，死者变得如此轻盈，在沙石间蒸发，接着又重现天际，就像鬼火。"

恩昆昆哈内用几不可闻的低语请求说：

"先生，您是白人国王……"

"我不是什么国王，恩科西。"

"谁在我身边，谁就是国王。因此我请求您，多科泰拉，下令把死者铐在坟墓里。"

离开前，医生许是感到有必要安慰病人。因为他手撑床沿，带着慈父般的善意，温和地说：

"我现在以传教士的身份和您说话：您背叛了自己的兄弟，但这不是您一人的决定，更多是他人的命令。但如今您勇于保护齐沙沙，不顾后果地坚持立场。老天有眼：这是忠诚的体现，足以抵消你的过错。"

"你错了，多科泰拉。"恩昆昆哈内反驳说，"我不是在包庇齐沙沙。我把他带在身边是为了当他的狱卒。葡萄牙人以为我为他提供庇护。但那其实是枷锁。"

瑞士人摇摇头，表示疑惑。国王继续说：

"我不能允许一个潜在的敌人在南方逍遥。"

葡萄牙人把逃犯视为耻辱。对恩昆昆哈内而言，那个人有着不同的意义：未来敌人的威胁。

"齐沙沙在我的保护下已经被处决了，等我们把他交给葡萄牙人，他已经谁都不是了。"

☙

离开病房的时候，瑞士医生撞到了我。他眯起眼睛，像猫似的从头到脚打量了我一番。之后我们一起穿过庭院，周围都是摇摇欲坠的房屋。我们在我和父亲暂住的茅屋门前止步，瑞士人言简意赅地下达了命令：

"我明天要去希科莫。我希望你们在这里等我回来。这段时间伯莎会照顾你们。"

他一副着急离开的样子，但想了想，又回过头来仔仔细细地审视了我。很明显，那份好奇并非出于医学上的兴趣。他向我父亲下达了一些简要的命令。他去拿相机，当他回来的时候，我需要脱下鞋子和长裙。"我想要一张典型非洲女人的照片，就在腰上穿一条卡布拉娜。"瑞士人说。

老卡蒂尼害怕我会拒绝，悄悄在我耳边说：

"这是命令，我的女儿。我们是来求人的。"

"我们？只有您才是来求人的。"

但是有一件事我可以肯定，最大的乞丐不是父亲，而是国王。

第三十四章
热尔马诺·德·梅洛中士的第十一封信

> 我梦到自己能万世称王,但未来却只有奴隶的命:他们把我埋在异乡的土地里,躯体在战胜者的土地里腐烂,骸骨将住在海的另一头。我将无人铭记。只有遗忘才能让人永远死去。也许更糟的是:记得我的人只想我不得好死。
>
> (恩昆昆哈内)

希科莫,1895 年 11 月 4 日

尊敬的艾雷斯·德·奥内拉斯中尉先生:

  来到希科莫军营之后,我一直被关在医院里,所以要说的事不多。虽然周围有几十个病人,但我在这里比在恩科科拉尼据点更孤独。罗德里格斯·布拉加医生为了排解我的无聊,时不时地把我叫去诊室,给我的手做检查。这少说也有几十次了。今天我再次出现在他的办公桌前。
  医生厌倦了身边阴沉的画面,一如既往地在检查开始前,眺望军营外的地方。像是想要凝视风景,却不想真的看清,他把眼镜从脸上取下。他那双近视的、毫无戒备的眼睛,为他增添了几分脆弱的气质。这和战争要求士兵表现出的坚定模样格格不入。

"今天星期几？"他烦闷地问。

他知道他得不到回应。我早就没了时间的概念。布拉加推了推鼻梁上的眼镜，又把两边的小胡子往上捋。"今天是星期日，年轻人。"

他让注意力重新回到我放在桌上无人问津的双手，好像它们不过是些橱窗里的老古董。男人像往常一样，检查我的手指，抚摸表皮，测试关节。

"手还在结痂，没有并发症。谁把你治好的？"终于，他第一千次问出这个问题。

又一次，阁下，我发现自己犹豫了。我能说什么呢？一个女巫医用土方、祈祷和香膏救了我？"是……是一个女人。"我吞吞吐吐地说。医生露出邪恶的笑容，反问道："一个女人？那可是天底下最好的药了。"

阁下，您很清楚我们的医生行事阴晴不定。他就这样粗鲁地沉下脸来，扔开我的手腕，好像在把被我遗弃的部分还给我。他再次望向地平线。我学着他的样子长久凝望，问道：

"您觉得我还能开枪吗，医生？"

医生摇摇头，一脸沮丧。私下说，我的中尉，我至今依旧不解为何自己会问出这样的问题。在萨那贝尼尼第一次接受治疗的时候，我问了截然不同的问题：我还能不能比十字？现在是什么激起了我对战争的狂热？

"我只希望莫西尼奥没听到你这话。"医生说，"他一定会立马把你招进他力排众议才组织起来的讨伐大军。"

令人难过的是，就算我的手指伤成这样，我也比这里收治的大部分病人健康。很多人早就应该被转移到洛伦索·马贵斯，甚至送回葡萄牙。但他们大多撑不过舟车劳顿。有一次，巴拉格医生跟我透露了正在吞噬他的疑惑：

"我学过怎么和病人打交道。我该拿将死之人怎么办呢？"

第二天，医生似乎找到了答案。他征用了一辆往希科莫运送物资的小车，每次都会完全清空之后再回到伊尼扬巴内。他往车里塞满重症患者，给每个人发了两个瓶子，一瓶装水，一瓶装酒；一瓶止渴，一瓶忘忧。医生很清楚，只有奇迹才能让这些人活着抵达目的地。他用这种方式履行了医生的职责：没有治疗，他们会在回家的幻觉中死去。

"你想在医院里帮我做事吗？"

他又换了一种问法。作为我的上司，他可以直接发号施令。接着他明确了我的工作。我负责医疗用品的订购和管理。他给我看了堆在桌上的一沓纸，上面写着申报的物资：绷带、硫酸奎宁、泻药、香药、芥子泥、治疗感染的酚酸。伊尼扬巴内把这些东西扣留好几个月了。

"我是一个军人。"我回复说，"我上过军校，不在前线打仗的话太可惜了……"

布拉加深深地叹了口气，好像感到窒息。突然，他站了起来，伸出手臂：

"跟我来，我带你去见识一下前线。"

他带我去看了伤员。他让每个人露出伤口，回忆战斗的场景。"很多人都疯了。"医生好似安慰地说。他又加了一句：

"疯狂有时是战胜恐惧唯一的办法。"

没过多久我的视线变得模糊。有个看起来情况不错的士兵坐在床上，睁大眼睛，不停说着："天使，天使……"

"他从马古尔战役回来的时候就这样了。"医生说。

神志不清的士兵开始描绘那些爆炸和烟雾，模仿枪支和大炮的声音。他说葡萄牙人和瓦图阿人都幻灭成烟。他模仿着步枪如何朝云朵和烟雾射击。如此猛烈的攻势在天空留下永久的裂痕。"您是我的天使吗？"发疯的士兵问，手指嵌进我的手臂。

"不是我需要你，"探视最后，医生说，"是你需要我。"

就这样我住进了医院入口附近的茅屋。我把这当作暂时的工作。现在每当罗德里格斯·布拉加医生宣布又是一个周日，我都能感受到永恒压在我身上。

我把阁下会看重的事情留到信的最后。那天早晨我们接到了医生、传教士乔治·林姆的来访。命运多么讽刺啊：您不让我去见瑞士人，他现在却主动找上门来。罗德里格斯·布拉加医生清楚高层建议和传教士保持距离。但可能因为同是医生，他还是不失风度地接待了来客。

为了让我们的医生免受误解，我必须强调客人一进门，医生就表明了葡萄牙对瑞士传教团及其传教士的官方立场。布拉加明确表示，那次接待不过是一次例外。乔治·林姆假意附和说：

"葡萄牙人讨厌我，只是因为我站在黑人这边。"

"您不是站在黑人那边。"葡萄牙医生反驳说，"您站在贡古尼亚内那边。您也知道，尊敬的医生，葡萄牙人保护的黑人比瑞士和其他所有欧洲国家加起来的都多。"

林姆反问："这话留给那些您口中受到贵国保护的人来说不是更好吗？"

之后，瑞士人笑了笑，掩饰了他的疲惫。三天前，他骑着一头配鞍的母骡，赶着一辆两头驴拉着的小车，从曼雅卡泽出发。他来希科莫给爱德华多·加利亚多上校送信。他信不过信使。在这种乱世，忠诚只是因为缺少机会。

我们一起吃了午饭。饭后，布拉加邀请瑞士人参观医院。林姆在每张病床前都滞留了许久，询问病人的经历，祈祷他们早日康复。让他停留时间最久的是一个出现幻觉的伤者。这个可怜人深信他的身体被卡菲尔人的矛刺穿。他蜷缩着身体，在无尽的绞痛中呻吟。瑞士人轻声细语，把手掌放在这个丧失理智的士兵的额头上。

"您在做什么，同事？"葡萄牙医生感兴趣地问。

"没做什么。我想对他实施催眠。这是我的专业。"

"很快，我亲爱的林姆，我们都不会记得学习的专业。"

鉴于天色已晚，布拉加坚持让瑞士访客留在我们这里过夜。瑞士人答应了。那天晚上，我们的堡垒里睡着一个男人，他却心系那些想置我们于死地的人。

第三十五章
兀鹫和燕子

拥有敌人意味着变成对方的奴隶。战胜对手不会带来和平。真正的和平在于没有敌人。

（恩科科拉尼谚语）

我的父亲站在国王面前，看起来老态龙钟。病床上的国王却好像坐拥宝座。老卡蒂尼的腿抖得厉害，连只苍蝇都停不住。哨兵警惕地看着我的老父亲坐到地上——这是规矩：让国王俯视前来觐见的人。父亲的脸快要碰上膝盖，整个人像一束龙爪茅似的蜷缩起来，等着国王叫他开口说话。

"你是谁？"恩昆昆哈内问，看都懒得看一眼。

卡蒂尼·恩桑贝久久说不出话来，他嘴唇颤抖，却蹦不出一个词，既像结巴，又像哑巴。他收紧下颌，眼神在空中瞎转，找寻准确的词。他没有说话，反而流下无法抚慰的泪水，接着抽泣又演变成失控的痛哭。

贡古尼亚内依旧盯着天花板，丝毫不受影响。我怕他耗尽最后一丝耐心。但那不是耐心，而是轻蔑。父亲根本没入他的眼，因此他也不在乎男人要哭多久。

当屋子里再次安静下来的时候，恩古尼人的首领闭着眼睛，说："你们乔皮人哭起来好像一直在出生。"

根据国王的说法，我们这些该死的乔皮族，就这样表现出一副手无缚鸡之力的样子。我们的战士靠弓箭备受赞誉，但那说到底只是童年的玩具。这也解释了父亲的表现：手无寸铁，只身一人，寻求一个庇护的怀抱。

"一群娘们。"国王总结说，好像往外啐了一口。

就像樵夫测量准备砍伐的大树一般，国王从头到脚地观察了一遍我的老父亲，同时还在用细骨清理指甲。最后，父亲看起来能说话了，结结巴巴地吐出几个词："我叫……"

"没有人想知道你们的名字。先告诉我，你有几个孩子，乔皮人？"

卡蒂尼·恩桑贝的牙齿不停打战，完全分辨不出他是否说出话来。但明眼人都能看出他缩着肩膀。国王居高临下地笑了：

"你跟我说你不知道。但我才是这里唯一有权说不知道的人。"

他不知道他的疆域止于何地。他不知道他有多少女人。他的生命中有太多死亡，让他必须不停诞下后嗣，直到自己都数不清。他又开始忙他的个人卫生。

我的父亲依旧沉默地在原地发怔。于是，我从暗处现身，说："我的父亲想把我献给您做妻子。"

国王连眼睛都不抬一下，换了一种暴虐的口吻，对我父亲说：

"谁说我需要女人？你是什么东西，能决定我需要什么？"

我往前走了一步，示于人前的紧张让我的声音扭曲到连自己都认不出来：

"我会说白人的语言，陛下。我是白人养大的。"

国王犹豫了。打动他的不是我说话的内容，而是我的不敬。他用舌头发出啧啧声，又慢慢噘起嘴：

"我有翻译。犯不着再来一个，那都是不必要的风险。"

他就自己的怀疑发表演说。"白人的鼻子高得像兀鹫的喙，"他说，"翻译们也长着鹰钩鼻。他们不懂的事和慢慢懂了的事都很危险。更危险的是他们懂了却不给你翻译。"

"您可以相信我，恩科西。"

"为什么？"

"因为我是使者。"我说。

"谁的使者？葡萄牙人的？"

"一个女人的。"

"哪个女人？"

"伏阿泽。"

这个名字像闪电一样击中了国王，他整个人都在颤抖，细骨也从指间滑落。他盯着我，好似想要找到面具背后的那张脸。

恩昆昆哈内和伏阿泽的禁忌之爱已经成了一个传说。伏阿泽是整个加扎王国最美丽的女人。她的面庞光彩夺目，身材傲人，肤白胜雪，这一切都吸引着男人。年轻的时候，王储爱她爱到不可自拔，他的感情也很快得到回应。王室暗地里开始出现忧虑的闲话：如此炙热的感情会干扰未来的统治者。不幸的国王对国家来说是一种威胁。但一个沉迷于幸福的国王更让人惶恐难安。很快谣言四起，说伏阿泽是个轻浮的女人，来者不拒。穆齐拉国王禁止女方接近恩昆昆哈内，阻止两人成婚。但没有力量能够熄灭爱情的烈焰。这段恋情也哺育了贡古尼亚内最宠爱的孩子，戈迪多。

有一天，伏阿泽暴毙。几小时后她的尸体也离奇失踪。再也没有被找回来。

国王的复仇恣意妄为：在军队宣誓效忠的典礼上，他强迫所有下属向逝去的女人致敬。

"伏阿泽！"父亲和国王异口同声地喊道。

国王让我再念一遍女人的名字。我依命而为。"伏阿泽。"我闭眼喃喃。

"你多大了？"他问。

"我没有年龄。"我回答说。

他知道我的回答隐晦地表明了我的处女之身。他笑得像个胜利者。

他传来院里的副官,询问是否还有剩余的波尔图红酒。

"比起家里人给我的酒,还是敌人的更值得信赖。"

葡萄牙人接到通知,没有给他多送,一箱四瓶。不然,他还要赏给皇亲国戚。之后,他才重新把注意力转到我身上。

"我的婚事掌控在那帮官员和顾问手里。我累了,厌倦了自身,也厌倦了这群人。"

那些顾问比他羸弱的膝盖更让他感到厌烦。国王抱怨说。他想像处置燕子一样把他们都处理掉。因为那些轻巧的鸟儿不听他的话,他就下令灭绝了它们。所有旅人都说,整个国家一只燕子都不剩。

接着是一些实际的指令:第二天我就穿这条裙子,但要把鞋留在医院。

"我身边不能出现穿鞋的女人,你明白吗?"

那些大臣会问我刻薄的问题,后宫的女人会说我只配做最低等的侍妾,倒屎倒尿。

"只要需要,我女儿什么都会做的。"父亲突然来了劲,开口说道。

国王冲他使了个眼色,让他闭嘴。"该死的乔皮人,你们就是下一只燕子。"国王宣布判决。卡蒂尼·恩桑贝的脸上露出羞耻的痛苦。我心惊胆战地看着父亲从口袋里掏出之前杀死安哥拉人的铁像。他手握铁像,坚定地朝恩昆昆哈内走去。我拼命摆动手臂,想要喊他停下。但气急败坏的父亲拿着临时的凶器往前冲。我惊恐万分,闭上眼睛,在听见一声轻柔的低语后,才微微睁眼。

"我们马上要庆祝圣诞节了,也就是柯西穆斯。这个基督像献给您,我的国王。"

加扎国王犹豫片刻,从我卑微的父亲手中接过礼物。随后他盯着骨瘦如柴的基督：

"可怜的男人。他死的时候没人救他吗？"

"没有人救得了他。"

"圣子就无依无靠地死去？"

"我们每个人都独自死去。"卡蒂尼回答说。

❧

我和父亲离开了临时病房，留下加扎国王睡觉。哨兵的睡意并不亚于国王，依偎在一起打瞌睡。茅屋里是一个沉睡的王国。父亲承认，面对国王，他没有勇气实施他的计划。

"您想杀他，父亲？"

父亲心有余而力不足。面对杀害他儿子的其他凶手所鼓起的勇气，在国王面前荡然无存。

"您想让我杀了恩昆昆哈内？"

"我跟他约好了。"

"跟谁？"

"跟国王。明天你将接受王室的考核。"

"您是在惩罚我还是恩昆昆哈内？"

"我不是让你去做他的妻子。你是做他的寡妇。"

"那您呢？"

"我不知道。眼下先回萨那贝尼尼吧。之后我会回恩科科拉尼。"

"恩科科拉尼已经不存在了，父亲。谁来照顾您呢？"

"土地永远都是我们的亲人，我们不能让其独自死去。"父亲说。接着他的嘴角流露出一丝嘲讽，最后说："我和国王说的是假话。没有人会独自死去。"

第三十六章
热尔马诺·德·梅洛中士的第十二封信

> 恐惧那些时刻担惊受怕的人,小心那些自觉卑贱的人。他们一旦掌权,就会以曾经感受过的恐惧惩罚我们,用虚假的显赫报复自己。
>
> (卡蒂尼·恩桑贝)

希科莫,1895 年 11 月 5 日

尊敬的艾雷斯·德·奥内拉斯中尉先生:

  阁下,我不知道那天晚上,我们的瑞士客人有无片刻的安眠。整晚他都在病人之间游走,给他们拿药、倒水,用言语安抚他们。
  天没亮我就醒了,那时瑞士人正跪在地上祷告。我给他倒了杯热咖啡,男人说起他自己,他的生活,还有他在非洲大陆的非凡经历。
  乔治·林姆(或者就是乔治——他坚持让我们这么叫他)兴趣广泛,有些甚至相互矛盾。他是一名钟表匠、传教士、医生、催眠师、摄影师,也是一名丈夫和两个可爱孩子的父亲。钟表匠观察生活,从中找寻机械的精准。传教士追寻的东西没有任何一个摄影师能捕捉得到。医生清楚肉体中灵魂的占比。最后,催眠师知晓那些栖息在梦境深处的秘密。

阁下，请允许我在此表达我的震惊：那个欧洲人对非洲多么熟悉啊！什么若泽·西尔韦拉，什么桑切斯·德·米兰达！论及对非洲土地和人民的了解，我们没有一个官员可以与之匹敌。你们可能会说这是因为他熟练掌握多种非洲语言。但问题还要追溯到更早的年代：为什么我们葡萄牙人在学习其他语言时，表现出与生俱来的懒惰？为什么我们只愿学习我们眼中高贵民族的语言？我听着乔治·林姆的讲述，那些不是猎狮人的故事，而是人民的故事，在战胜过往的障碍和成见后，与当地人相遇的故事。这也验证一个苦涩的事实：无论是否人在军营，我们葡萄牙人都活在围墙之中，畏惧一切我们不认识的事物。

突然，罗德里格斯·布拉加医生走来，看起来十分焦躁。他的精神状态和昨日大不相同。他突然提出：传教士必须立刻上路。他受到上级的指令，让林姆离开这里。这时瑞士人才坦白自己的来意：希望能带走我们仓库多余的医疗物资。

"多余？这个动词在葡语里已经不变位了，我的朋友。老实说，就算我们有物资，也不能给你……"

瑞士人往林子的方向走去，这时，布拉加提醒乔治·林姆走错了方向。

"在这里，所有方向都是错的。"瑞士人挖苦道。他解释说他不是直接回家，他要走小路去看望一周前做过手术的病人。那人是加扎国王的小舅子，患有白内障，就住在希科莫附近的镇上。

他邀请我们和他同去，用专业相关的理由劝说他的同僚：他们将联合诊断贡古尼亚内亲戚的病情。

"跟我去吧。不会有人知道的。"

罗德里格斯·布拉加拒绝了。我恳请陪外国人过去。我得出去散散心，在军营外待段时间对我大有裨益。罗德里格斯·布拉加同意了。"但是你得保证去去就回。"他说。我们一起走进树林，由传教士从曼雅卡泽带来的向导领路。这个年轻人没有选别人走过的路，而是一直带我们走林子里的小路。

"是我让他避开常规路线的。"瑞士人解释说。"那些黑人，"他又说，"认为外国人应该停下来觐见他们的酋长。绕开那些村镇能给我们省下一大把时间。"

突然，我们听到背后传来脚步声。是罗德里格斯·布拉加。他行色匆匆，鬼鬼祟祟，好像在被人追踪。接着他就像个被抓了现行的少年，叛逆地笑了：

"不许让人知道我在这里。"

最后，我们终于到达目的地。一群小孩围了过来，又蹦又跳，发出具有感染力的笑声，但他们又小心地保持距离。屋子里走出一个消瘦的老人，半张脸都绑着绷带。表明身份后，布拉加开始协助同事诊治。

"从前我的眼睛死了，"老黑人说，"这个白人让我走出黑暗。"

卡菲尔人对我们感激涕零，这让我不由想到：除了为数不多的军医，还有哪些葡萄牙医生会救治非洲人民？如您所见，阁下，您说得对：我没有能力当兵。太多怀疑，太多仁慈，太多僭越。

我们正准备离开小镇，却迎来新的惊喜。二十来个卡菲尔人排成一列。

"我们也想看医生。"卡菲尔人说。

"我们该怎么办？"布拉加问。

"做医生该做的事：干活吧！我的葡萄牙同事。"

在一个多小时的时间里，我看着罗德里格斯·布拉加听诊、测量、触摸、开药。他做这些事的时候带着前所未有的笑意。最后分别的时候，卡菲尔人和瑞士人都笑了，握着手发出热切的笑声。布拉加医生困惑地看着欧洲人和非洲人民之间不同寻常的熟稔。我们在沉默中回到希科莫。

到了军营，罗德里格斯·布拉加动容地向乔治·林姆表示感谢：

"我怀念治病救人的感觉。现在的我只能看见伤口。"

林姆和医生告别的时候,发现钱包不见了。他一定是把钱包落在了医院。我跑回去拿。我捡起钱包时,里面掉出一张相片。当我所剩不多的手指触碰到照片时,我的心快要从胸口跳了出来:照片里的人是伊玛尼,她露出乳房,只在腰上围着卡布拉娜。她的身后闪烁着奇异的光亮,好像整个人悬浮在光线里。疑惑啃食着我的心:是女孩自愿这样暴露自己的,还是瑞士人引诱她的?

医生的到来打断了潮水般的问题。瑞士人诧异地看见我拿着相片,骄傲得像位父亲:

"多美啊,不是吗?"

我们三人站在那里,肩并肩,看着相片在我颤抖的手中起舞。

"这个美人是谁?"布拉加分外热情地问。

"这是一个出现在我们营地的乔皮女孩。她的父亲要把她献给加扎国王。"

"太可惜了!"葡萄牙人叹了口气。

"是我拍的这张照片。"林姆宣布说,虚荣得像个猎人。

"她一个人吗?"我大胆发问。

"她和她父亲在一起,但她父亲不愿意当模特。他怕相片里会出现他的妻子和其他孩子。"

"为什么不能出现?"布拉加问。

"因为他们都死了。"

我鼓起勇气,问瑞士人能不能把照片留给我。

"还是别了,"瑞士人说,"这张照片只会带给你消瘦和罪恶。"

出人意料的是,罗德里格斯·布拉加站在我这边。他如此热切地请求,外国人犹豫片刻,把这张大胆的人像给了我。最后,瑞士人走了。他小心翼翼地骑上骡鞍,好像母骡并非运货的畜生,而是旅行的伙伴。

我回到房间，愤怒和嫉妒在体内沸腾。您一定同意，有更好的方式让我想起我深爱的恋人。我路过一群咀嚼着纸张和报告碎片的山羊，谁知道呢？或许是士兵间的通信，又或是私密的情书。山羊四散在陆地上，反刍着时间本身。这正是我想做的：像只牲畜那样躺倒在地。

　　在房间的暗影里，我再次看向照片。刹那间，在那里摆造型的不是伊玛尼，而是光的剪影。它的轮廓来来去去，好似有着自己的脉搏。谁知道呢，也许照片根本照不出我们所爱之人。

第三十七章
延期的新娘

妻子编造故事，处女隐藏秘密，寡妇假装失忆。

（恩科科拉尼谚语）

"他们给我送来一个女人！是当我缺女人吗？"

在曼德拉卡齐名为"因巴达"的王宫里，顾问们放声大笑。他们兴致寥寥，但个个笑得前俯后仰，以便让国王看到自己的笑话成功取悦了他们。没有一个大臣缺席。宫廷韵事向来比战事更能吸引人。因此，长者、贵族、将军，几十个人齐聚一堂。最尊贵的位置上坐着国王的母亲，因佩贝克扎内。她让我缓步上前，向众人展示自己。当我光着脚在房里走上一圈时，我感到那些男人的目光像刀片似的撕开我的衣裳。

陛下摸着肚皮，好像正在用手丈量帝国的疆域。他看着我的玉足，想起了祖先们的笑谈："女人快人一步，因为她们能吸引目的地。"一时掌声雷动，笑声不断。

贡古尼亚内知道多数笑容都是被逼无奈，每声嬉笑都是虚伪的服从。恩昆昆哈内继续发表演说，气氛逐渐紧张：

"如果属下个个心怀鬼胎，那我要什么百万大军？如果没有一个女人真正属于我，那我要什么佳丽三千？如果今天对你俯首称臣的人，来日却对你的敌人更加毕恭毕敬，那我还当什么国王？"

王公贵族尴尬地退缩了。他们以为不过是再娶个老婆的事。国王逐渐提高音量，吸引听众：

"没有人抬起石头后，不在底下发现蝎子。没有一片阴影不藏着另一片阴影。没有一种期待不是陷阱。我多么渴望睡眠，全然入睡，眼皮从头合到脚。我多么希望还能相信有一个干净的夜晚，没有刀剑，没有伏击。"

朝上的抗议声此起彼伏。他年迈的长叔们狐疑地对望。他们的侄子不会喝醉了吧？

"我数不清结过多少次婚，却从未感觉这般孤独。"国王愈发激动地说，"我需要一个新的妻子。而这个女孩，"他示意我走近，直到能用指尖触碰到我，"这个女孩依然含苞待放。"

"您怎么知道，恩科西？您怎么知道她还是处女？"

"我比任何人都更了解她。"他挥挥手让我退回空地，声音嘶哑地下达命令："告诉他们你叫什么。"

"伏阿泽。我叫伏阿泽。"

王宫一片死寂。大臣们盯着地板，怀疑朝中逡巡着阴谋。很多祖鲁和恩古尼的老人早就不满贡古尼亚内不能持身公正。比如说，这种轻率体现在他偏心某些投降部落的代表，包括讨人嫌的乔皮人和伦格人。如今，加扎军中绝大部分人都来自所谓"弱族"。眼下又是一个敌对部族的不洁新娘，甚至还敢提及"伏阿泽"的禁忌之名？

家族顾问，也是国王极为仰仗的大臣克托，恳请陛下三思。他声称我，伊玛尼·恩桑贝不仅是一个妻子。

"那个女孩会说葡萄牙人、乔皮人、布因热拉人和我们的语言。可以在敌方的领土上畅通无阻。"

接着，另一位大臣也极力反对说：

"我的问题是，兄弟们，她是怎么学会这一切的？我们又要怎么相信一个懂得太多的女人？"

"我们知道这个女孩的过往,她由一个神父抚养长大。"克托辩护说,"她的兄弟站在我们这边,对抗他自己的部落。我提议先试着把女孩留在身边,由因佩贝克扎内看管,远离国王的欲望。"

"我不知道,我不知道。"反对者继续发问,"我们能确定她不是葡萄牙人派来监视我们的?"

所有人都知道接纳我的风险另有所在。它源于我口中那个冒领的名字。在战乱中,没有什么事能比重蹈伏阿泽的覆辙更严重:如果国王再次陷入疯狂的爱恋,必定会疏忽恩古尼的国政。

这时,他们命我离开大殿,好让他们可以更加肆无忌惮地争论。室外夜凉如水。议事厅散发的光线反射在露珠上。我坐在草地上,看着自己赤裸的双足。我的中士,你去哪了?

CR

过了一会儿,因佩贝克扎内来到我身边坐下。王宫燃起的灯光若隐若现,照在我们身上。

"我同情我的孩子。"她说,"所有人都对他表示服从,却没有人效忠于他。就算穆顿卡齐发神经,他身边的人也会为他的疯癫叫好。"

"他们决定拿我怎么办?"

"他们接纳了你。但不是作为王妃。"

"我不明白。"

"你是延期的新娘。这对你来说是好事,让你免受其他妻子的嫉妒。但你还有另外的任务……"

"什么任务?"

"他们想让你当线人。"

他们知道我和中士的关系,也从信使那听说了中士和中尉之间的通信。我比任何人更能渗入葡萄牙军队的中枢。太后继续说：

"他们想让我看着你，不许你接近我的皇子。明天我们从这出发，去瑞士人的医院里待一段日子。"

王宫传来争吵声，大臣们愤愤不平。他们在商讨军情：曼德拉卡齐已经兵临城下。我们可以听见各种咒骂、死亡恐吓还有发誓要血债血偿的声音。我的事成了短暂的休闲时间。

"这种晚上根本没法作为人活着。"贡古尼亚内的母亲听着远处的鬣狗评论说。她见我在野兽的嚎叫中退缩，安慰道："放轻松，暗藏在那帮大臣里的鬣狗比整个丛林加起来的还要多。"

她拉近了座席，用一种更为亲昵的语气说，想给我和她儿子共度的夜晚提些建议。我以为她要在床事上对我指点一二。结果不是这样。那是一个奇怪的警告：我们很多晚上会和别人同床共枕。别人？她笑了笑。国王反复做着可怕的噩梦。在那些噩梦缠身的晚上，会出现他被谋害的兄弟。

"不会有血。那些兄弟都死于中毒。因此我建议你，我的孩子：雇厨子要比选丈夫更谨慎。"

我们无法选择。我们是被选择的那一方。我原想这么说，但当我听到王宫传来圣歌的时候忍住了。会议结束了，用不了多久那些达官贵人就会离去。那时候，外面一个女人都没有。太后看起来并不担心，她怜爱地挽住我的手臂：

"你和顾问说的名字是假的。现在我也不希望你叫我真名。"

"如您所愿。"

"忘了我的名字。叫我约西奥。"

她在成为寡妇之前叫约西奥。穆齐拉驾崩后，他们改掉了她的名字。我轻声呼喊她的名字，将会把她带回另一段时光。

"那时我不光有丈夫，还有一群孩子。最重要的是，我有恩昆昆哈内。"

"你现在失去他了吗?"

"没有人能留住孩子。"她肯定地说。

但让恩昆昆哈内面目全非的不只是他的噩梦。在他最疯魔的时候,没有人,甚至连他的母亲也没有勇气帮他远离魔障。有时候国王甚至会跑去海边。他在漫游的时候做些什么呢?恩昆昆哈内坐在沙丘上,和拍打海岸的浪花保持安全距离。对恩古尼人而言,大海是一片无名的险地。国王下令让弓箭手在潮湿的沙滩上排成一排,准备向大海发起进攻。之后他亲自示范:绷紧弓弦,大喝一声,冲大海射出第一支箭。箭矢划过天际,像一只没有翎羽的疯鸟,随着一声空洞的声响坠入水中。刹那间,战士们的呼声响彻天际,上百名弓箭手射出一阵箭雨,黑压压的一片,在海上溅起水花。一阵稠密的沉默过后,贡古尼亚内大喊:

"快看血!流血了,它流血了!"

国王用"它"指代,避免直呼其名。连"大海"这个词本身都是禁忌。说出它名字的人会一直感觉唇间咸涩。加扎国王喃喃道:

"快去死吧。"

他坐在那里,等待大海死去。

○○

大海没有死。贡古尼亚内也活了下来。但她的很多王子都被毒死了。

"我有太多个彻夜难眠的夜晚,等着他们传来消息。"因佩贝克扎内坦白说。

我告诉她我不明白。她解释说她也参与谋划毒害王子。

"听我说,"她看见我审判的眼神,为自己辩护说,"听我说完再下结论。"

无论如何她的皇儿都难逃一死，在缓慢而漫长的屠杀中丢掉小命。有的死于枪决，有的死于刀斧，还有的被五马分尸。然而，大地啜饮的总是母亲的血。她经历过丈夫穆齐拉和小叔子玛维维之间有关继承权的惨痛争夺。那是连年的仇恨和杀戮。她最不想要的就是重复那种无休无止、没有原则的野蛮对决。错不在她。她甚至希望自己能够承担更大的责任。但早在她之前就确立了规则，她也无能为力：王室子弟常年自相残杀。她只有残忍的特权，决定谁可以存活。

"所以别这么看我。"最后她生硬地说，"去问你的欧洲朋友，看看他们是怎么确立国王的。问问他们宫廷的宴席上流转着多少毒药。"

这些都是桑切斯·德·米兰达，那个马凡巴切卡告诉她的。白人的历史，他说，并不比非洲人的干净。

"明天我们就去萨那贝尼尼。"太后下令说，"去那吧，我的孩子。去和你的人民告别。再穿回你的鞋。"

那天晚上我辗转反侧。他们给我安排了一间屋子，那里还睡着六个低等侍妾。她们见我进门，都聚在角落。我在黑暗中都能看到她们眼中的妒恨。天亮了我都没睡着。当清晨的第一缕曙光降临，我决定将我的过去连根拔起。我面临和太后因佩贝克扎内一样残忍的抉择。我必须决定身体里的哪一个自己可以活下去。

第三十八章
艾雷斯·德·奥内拉斯中尉的第八封信

一个永恒而失落的故国

一段遥远的记忆　我们不知

把它遗失在过去　还是未来

（索菲亚·德·梅洛·布莱纳·安德烈森）

曼雅卡泽，1895 年 11 月 9 日

亲爱的热尔马诺·德·梅洛中士：

这封信我写了好几天。开始写的时候，我还在之前多次给您写信的地方：悲伤而阴郁的曼雅卡泽。这里还是老样子，余下的一切却天翻地覆。我重新开始处理军务，找回了自我。感谢上天我们总算停止和瓦图阿国王在此谈判。那不过是一场骗局，无限推迟审判的到来。他想打仗？那就打呗，以他从未设想过的规模进行。马拉奎内和马古尔的战斗不过是一场终将载入史册的奥德赛的序曲。

我的才能最终得到赏识，我和您说过，我也参与统筹科奥莱拉的军事行动。可惜亲爱的中士远在天边，身处希科莫的军营，不然您也能感受到我阅兵时萌生的骄傲。打头的是一支九百人的队伍，他们前不久才从欧洲

来到非洲大陆。后面跟着几个炮兵营和步兵营，配备了十口火炮和两把机枪，步兵营的弹药多达两百万发。这种规模的阅兵在非洲史无前例。上千名效忠于我们的卡菲尔人（在这种地方要如何判断他们是否效忠？）也观看了这场独一无二的盛事。随着威名赫赫的莫西尼奥·德·阿尔布开克率领骑兵营出场，这次阅兵也达到高潮。尽管马匹数量有限，训练不足，骨瘦如柴。但骑兵的出现依然在人群中引发难以形容的轰动。卡菲尔人带着孩童般的热情跟着马儿跑，大人们也染上了童稚的眼神和笑容。

两周前，所有军备就已抵达巴勒勒的盐水湖——我们在那里建了一个临时基地。那将是一场屠杀！这是我在核查储备在那里的军火时的想法。

但是光靠武器还不足以发动一场战争。我们缺少敌人。加利亚多上校一字不差地执行着卡尔达斯·沙维尔的指令：我们的战术就是只在对手转守为攻的时候发起进攻。用莫西尼奥·德·阿尔布开克的话说，卡尔达斯·沙维尔一定是借鉴了女人的魅术，才想出这条计策。女人对她的追求者若即若离，只等男人最后发起攻势。那个莫西尼奥·德·阿尔布开克啊，尖酸刻薄，又耐不住性子！

事实上，敌人很多天都没有露面。加利亚多上校的智慧又一次占据上风：离开营地，冒着让我们每日叫苦不迭的大雨行军属实鲁莽。这不光鲁莽，坚持要在埋伏着敌人的密林中行军更是严重的战略性错误。

加利亚多说得在理。但他的决策实行起来却很困难。我们的军队再次被困在原地，受累于沉重的武器。日子一天天过去，我对顶配军火的热情也日益衰退。我们持有刀剑和大炮。但这种时候它们还不如轻巧的矛。

为了鼓舞士气，加利亚多上校命令两个纵队向敌方的领土进发。这看似有悖于卡尔达斯·沙维尔的指令，但我们的部队无心发起军事进攻，只是袭击和摧毁村落。目的不是杀死平民，而是补充牲畜和粮草。这些行动有益于磨炼心智，鼓舞士气。最后，在一个阳光明媚的早晨，我们决定转移到科奥莱拉的咸水湖。就算要背负噩梦般沉重的武器行军也比看它们烂在扎营的沼泽地里要好。那个早晨,阳光灿烂,卢西塔尼亚的旗帜飘荡在明亮的荒野上,号手吹动军号,挑衅着非洲的神灵。

经过一天的行军,我们在山丘上扎营,从那里可以俯瞰马瓜尼亚纳湖。我们采用常见的方形列阵,在四周搭起防护的钢丝网。

我被派去侦察周边的地形。您猜长官选了谁和我同去?正是您的朋友,上尉圣地亚哥·达·马塔。我们在令人窒息的热浪里骑马。走了不到一刻钟,我们就望见因佩贝克扎内的家乡。她是贡古尼亚内的母亲。我意识到我们所在的位置过于暴露,下令即刻返回营地。上尉果断拒绝,傲慢地顶撞我说:这点侦察对他来说还远远不够。

"这算什么,中尉?我们是来罗西奥[1]欣赏橱窗内的商品的吗?"

这是他的原话。从来没有人敢对我这么出言不逊。我向上尉表明了我的不悦。等我们回到营地,圣地亚哥向我道歉,为他之前的粗鲁感到羞愧。

次日清晨,我们把拖累行军的辎重留在营地。我们在路上抓到的两个犯人证实,酋长就在他们的军营(瓦图阿人管那叫卡拉尔),那里囤有重兵。等我们重新回到正在备战的部队,敲定了最后的作战细节,几十个盟军突然冲了进来,高喊敌军来了。

"Hi fikile Nyimpi ya Ngungunyane!"他们喊道。"贡古尼亚内的军队就在这里。"

刹那间,眼前出现一支由几千人组成的瓦图阿军队,他们小步奔跑,怒声吼叫,如有神助。那支军队无比庞大,兵矛刺目的反光暂时剥夺了我们的视力。那支强悍的军队围成半圆,半径超过一千米。突然,盟军从我们的视野里消失。他们骇于瓦图阿人的军事力量震慑,趴倒在地。连希佩伦哈内的队伍也躲进了茂密的龙爪茅林。我们只剩下自己,葡萄牙人和安

---

[1] 罗西奥广场,位于葡萄牙里斯本城,历史悠久的商业休闲场所。

哥拉人，困在窄小的方阵里。那个由血肉之躯组成的方块犹如一张蛛网，准备迎击一头鲨鱼。

这时，那支魔鬼军团疯了似的冲向我们，好似可怕的巨浪。尽管大部分卡菲尔人只配备了长矛和盾牌，但仍有一部分人持有步枪。他们胡乱射击，对我们而言也算是一件幸事。子弹和箭矢如暴雨般袭来，好似乌云永久地遮蔽了非洲的天空。没等我方的枪炮咆哮片刻，敌人就开始后撤。不到几分钟就结束了，或是几小时？当死亡成了唯一的时钟，我们要怎么计时？我知道，一旦那支可怕的部队恢复劲头，就会再次开始发起进攻。他们管自己叫"水牛"或是"鳄鱼"。他们穿过潮湿地带，包围我军。他们的脚沾满厚厚的淤泥，像是和我们一样穿鞋走路。那个场景证实了我的恐惧：他们不是战士，而是大地喷涌而出的产物。

战场枪林弹雨，烟尘漫天，没有枪手能准确找到射击的对象。他们冲着阴影开枪，而他们以为的目标不过是另一团阴影。这些影子在迷雾中旋转，之后轰然倒地。这样一来，一时间我们的军人也许把自己也当成飘浮的尘埃，迷雾中的迷雾。我们口中的勇气不过只是这种短暂的癫狂。

战斗持续了半个多小时。就像马古尔战役那般，机枪决定了战争的结局。带着听到自己心跳时的那种激动，我至今仍能记得那台现代战争机器的可怕威力。机枪凭借每分钟五百发子弹的速率，以摧枯拉朽之势屠戮敌军。共计一万两千人的恩古尼军队落荒而逃。

我们没有立刻庆祝我军的胜利。当我们从难以置信中缓过神来，所有人高呼着将军帽抛向空中。那场出人意料的胜利让我们相信它已经决定了整场战争的走向。我们兴高采烈地庆贺，以至于刚开始都忘了哀悼为此付出的代价：几十个白人士兵阵亡，三十多人受伤。

在方阵中间可以看到莫西尼奥·德·阿尔布开克的身影。他挺立得像一尊雕像，保持着战斗的姿态：静止，站立，从不寻找掩护，任子弹擦身而过。他的脚边躺着他浑身是血的战马。

胜利的喜悦过后,到了统计伤亡的时候:几十名白人士兵阵亡。当所有人集结成方队,最后一次向倒下的人致敬时,我承认我感受到瞬间的脆弱。我躲到一辆小车旁边,不想观看,也不想被人发现。但这场临时葬礼的哀乐,还是不停传进我的耳朵。

鉴于没有随军的神父,领军的加利亚多上校为他们祷告。这时,当我听着我的战友们悼念亡者,我转身看见圣地亚哥·达·马塔上尉躲在一辆小车底下。谁知道他躲在那里,是不是出于先前弄脏自己军裤那样的原因?

我忍不住谈起这一插曲,因为那一刻我问自己,我们对战友的忠诚能有多大把握?但没有时间担心这点了。

我们像往常一样急于撤出荒原,爱德华多·加利亚多上校很快下令,让我们全体返回希科莫。

"回去?我们应该向曼雅卡泽进发。"莫西尼奥上尉反对说。

面对公然的忤逆,上校只能解释说:没必要让如此辉煌的胜利横生波折,无论这一波折可能多么微不足道。我们知道是谁在指挥贡古尼亚内的部队吗?王子戈迪多和国舅克托。我们在科奥莱拉的行动不单是一场军事上的胜利,更是对加扎国王的羞辱。

"这还不够,上校。羞辱可打不了胜仗。"

"我心意已决:撤回军营。我不想再有闪失。"

莫西尼奥咬牙切齿地嘟囔着。也许加利亚多听到了他最后一句议论:"领兵这种事还能万无一失吗?"

第三十九章
在世界上坍塌的穹顶

等你学会爱上恐惧,就能成为一位贤妻。

（太后因佩贝克扎内）

　　入夜时分,我们抵达萨那贝尼尼,往教堂的方向走去。我们发现神父鲁道夫正在祭坛前祷告。神父鲁道夫感到一阵尘土落在肩头。他望向教堂顶部的房梁,看见明亮的絮状物在空中摇曳,宛若在高处发生了一场无声的爆炸。很久之前,白蚁就开始瞒着神父,啃食木头。鲁道夫信赖穹顶的外观,觉得自己会受到永恒的庇佑。每当有人来参观教堂,神父都会虚荣地向他们展示穹顶的坚固,不似墙体和家具那般颓败。教堂因穹顶而神圣。

　　那时,屋顶却开始崩裂。木板内里中空,毫无预兆地倒地,没有声音,没有重量。木梁在空中就化为碎屑,落地的时候什么都不剩了。就这样鲁道夫活了下来。鸽子逃出生天,飞向室外。但那些被白光亮瞎了眼的猫头鹰,发了疯似的飞出建筑顶部的洞穴,围着神父打转。神父冲到院子里,迅速关上大门,徒劳地祈求鸟儿不要抛弃教堂。这些鸟没了原来的窝巢,会去寻找新的栖息之所。一切都为时已晚。禽鸟已经在别处的屋顶上盘旋,寻求新的住所。

　　"要死人了。"鲁道夫叹了口气,说。

但萨那贝尼尼已经没人了。鲁道夫呆坐在地上,看着倒了半截的教堂,逐渐从惊吓中缓过神来。随后他站起身来,提着水桶走到河边。暴雨已经连续下了两周。伊尼亚里梅的河水几乎要冲垮河岸。神父谨慎地绕开码头。那些木头的腐烂程度可能和屋顶不相上下。鲁道夫·费尔南德斯跪在石头上,忙着打水,没有注意到我、太后和一小队随行的侍从正沿着他刚刚走过的小路靠近。

奇怪的是,神父一认出是我便泣不成声,哭着陪我走回屋舍。我预想了最糟糕的情况。太后示意她会在河边等我。其间,如果碰巧有渔夫路过,她的侍卫会向他买些鲜鱼。

"比布莉安娜呢?"一到教堂,我就害怕地问道。

"比布莉安娜走了。大家都走了。萨那贝尼尼已经没人了。"他指向教堂残余的穹顶,"什么都塌了,伊玛尼。"

"比布莉安娜去哪了?"

"她去了北方。去到萨维河的源头。她的兄弟葬在那里。你没必要等她回来。她不会回来了。"随后他问:"你为什么那么想见她?"

"我想当个黑女人,神父。"

"你疯了吗?"

我举起手,礼貌而坚定地表示让我把话说完。我想通过自身的传统成年。我想要在我的语言和信仰中重生。我想要受到先祖的庇护,和逝者交谈,和我的母亲与兄弟们交谈。我厌倦了被视为异类,受到人们嫉羡和轻蔑的目光。我受够了听见别人说我的葡语"没有口音"。然而,最让我厌倦的是,没有人能和我笑泪与共。

"中士呢?"鲁道夫问。

"我不知道,神父。我害怕那种对我索取甚多的爱情。还有,我不知道他现在在哪,也不知道还能不能再见到他。"

我能想象神父无尽的哀痛:他很可能再也见不到比布莉安娜了。当我尝试安慰他时，他却诧异地说：

"哀痛？我解脱了，我的孩子。"

我不明白，这简直不可理喻。那些真挚的爱意，自我的退却，都化为乌有了吗？我这样问他。鲁道夫指着教堂说：

"摧毁穹顶的不是时间，是战争。"

"他们入侵教堂了？"

"是另一场战争，白蚁的战争。那些可恶的虫子拥有自己的士兵。你知道为什么它们的士兵如此雷厉风行吗？因为它们都是瞎子。希望你的爱人永远不要成为一个真正的士兵。"

"我很久没有听到热尔马诺的消息了，神父。他们告诉我，他在希科莫军营。"

"你想给他写信吗？我明天就能给你找一个信使。"

我不知道如何作答。我坦白说我是来见比布莉安娜的。神父回应说：

"就算她在这，也没法见你，我的孩子。"

女先知患上一种特殊的盲疾：她透过神的眼睛看世界。她对此确信无疑，这让神父感到害怕。不久前，几百名战争的伤员和难民逃到萨那贝尼尼。于是，女先知承担起重整世界纲纪的使命。不管是黑人还是白人，男人还是女人，奴隶还是主人，所有人都有罪。而她被白人的上帝和非洲的神明同时挑中，成为正义的执行者。面对惊慌失措的神父，比布莉安娜这样宣布。神父无法想象，与他同床共枕多年的女人居然要领兵打仗。

受到这项使命的感召，女先知离开了萨那贝尼尼。伊尼亚里梅的水已经不足以洗刷这么多罪孽。她需要一条更宽的河。那条河的岸边葬着她的丈夫和小叔子。传说占卜者和预言家曾在萨维河边流浪，人们相信他们拥有超越自然的能力。那就是比布莉安娜的目的地。那条河将成为她的教堂。

"到头来你发现自己想成为非洲人了？"轮到鲁道夫提问了，语气中难掩嘲讽。"我很好奇,我的孩子:什么叫当一个非洲人?"

我耸了耸肩。也许我只是难过,也许我感到不安。拥有一些简单而确凿的东西能让人好受一点,一种不可磨灭的出生的印记,一座比天空更恒久的穹顶。神父的笑容中掠过一丝阴霾。他也无数次梦想成为一个欧洲白人。此刻,比方说,他最想要的就是剪去长发,剃光胡须,洗净教袍,方便之后出现在希科莫的军营。谁知道呢,他们也许会接受他作为随军神父?他会在野外主持弥撒,为病人祈祷,化解罪恶,为临终的人涂上圣油。他将完全变成那个他们从来不让他成为的人:一个葡萄牙神父。

"现在话说得够多了。"他说,"趁我还没忘,我有一样东西要交给你。"

他从长袍的兜里掏出一封折起来的信。

"你的父亲把这个留给你。"他解释说。

"我的父亲来过这?告诉我:他好吗?他去了哪?"

CR

这时神父回忆起一周前,人们发现倒在码头上昏迷不醒的父亲。之前卡蒂尼·恩桑贝失去踪迹,大家还怕他成了野兽的腹中餐。结果他倒在那里,血流不止,皮包骨头,臭气熏天。他从恩科科拉尼而来,也就是他的家乡。接送他的是一个叫里贝特的疯子和他的老舟筏。卡蒂尼到了教堂,一番梳洗后,打开口袋,倒出二十四块大小相仿的木片。这是他用来制琴的按键。

"我从妻子吊死的树上砍下这些木头。"他说。

这会是他的最后一把马林巴琴,也是他做过最完美的一把。他亲自爬上无花果树,抓住蝙蝠,扯下它们的翅膀,用于制作共鸣箱的薄膜。他日以继夜地倒腾着琴键、葫芦和鼓槌,耗尽心血。

"这个穆比拉不是用来让人弹的。"他宣布道。

"那它会由谁弹奏?"

"音乐本身会自己演奏。"

他制成乐器的同一天,比布莉安娜也宣告离开,去往北方的大河。这不是巧合。两人早有约定。他们一起离开,却十分疏远,就像丈夫和妻子。到了目的地,他们会像老夫老妻那样分工:比布莉安娜和亡灵交谈,卡蒂尼为神祇奏乐。两人一起治愈世界。

CR

这就是卡蒂尼·恩桑贝的近况。神父一边回顾着那段简短的记忆,一边把父亲留下的信交到我的手上。

这张从热尔马诺的笔记本里偷来的纸上印着父亲费劲、难看的字迹。我必须逐字逐句地解读他留下的神秘信息:"由我开始,由你结束。还有两个人需要被钉死在十字架上。"

神父没有发问。他给了我一壶水,供我在路上饮用。

"那你准备做什么,鲁道夫神父?"我问。

他笑了笑说:

"接下来我会剪掉头发,剃光胡须。之后走一步看一步吧。"

那时,因佩贝克扎内走了过来。她希望鲁道夫让我们在那过夜。我问她为什么要延后归期,她指了指渐沉的天色,好像火海正在吞噬地平线。

第四十章
热尔马诺·德·梅洛中士的第十三封信

> 我并非因为疲倦才消沉至此,没有颜色,没有重量。我陷入一场自杀,一场没有人也没有死亡的自杀。
>
> (摘自伯莎·里夫给丈夫乔治·林姆的信)

希科莫,1895 年 11 月 10 日

尊敬的艾雷斯·德·奥内拉斯中尉先生:

  我花了一天时间打扫病房里的灰垢,屋内的一切都像被蒙上了一层黑巾。对卧床的病人而言,这些顽固的灰尘是不祥的征兆。令人窒息的炎热则证明地狱已在希科莫安家。但我知道,烟尘书写着新的功绩:我军在科奥莱拉大获全胜。在这之后,军队在附近的村落放火。这是我军的惯例,也是其他人的惯例。阁下向我解释过:这不是庆祝,而是胜者在战场之外署名的方式。那些远离河流的居民,只有在洪水越过河岸的时候,才会知晓他们的存在。
  给您写信的时候,我们的军队正在回营。那是一段疲倦而缓慢的归途,士兵们翻过高山,以免被失控蔓延的火势殃及。我不知道阁下是直接回洛伦索·马贵斯,还是跟着部队来此处停歇。我希望是后者,这样我们

终于可以在现实中见面了。

我牵挂着两天前从军营离开的瑞士医生。我知道他路上计划在哪些地方停歇，如今他极有可能被困在火海。他只剩下一条生路，沿着河岸走，那片区域遍布着错综复杂的支流。乔治·林姆必须重演基督的壮举，蹚过无数条河流，最后连自己都数不清楚。

我整个早晨都在急切地等待邮差带回科奥莱拉的消息。通常情况下，先锋部队会率先抵达军营，以便我们及时做好准备，迎接战士们凯旋。我祈祷这一次车上不会载满伤员。我帮助罗德里格斯·布拉加医生铺好床，换上干净的床单。随后，医生还支起蚊帐，防止灰尘飘进预设的手术区。

事实上，信使中午方至，却是敌方的信使。六个瓦图阿士兵押着一个五花大绑的男人。囚犯个子很高，桀骜不驯。其中一个贡古尼亚内的使者出列说：

"国王命令我们把这个男人带过来。他在我们那叫瓦马蒂比亚纳，也就是你们口中的齐沙沙。就是他。"

他就是我们追捕了几个月的战利品，比贡古尼亚内更令葡萄牙王室垂涎的猎物。齐沙沙酋长胆敢在南部反叛，组织进攻我们最重要的城池。死的有葡萄牙人，也有非洲人。葡萄牙在文明国家眼中的尊严和威望都受到打击。那个大名鼎鼎的反贼，如今双手被缚，剃光头发，心力衰竭。就算如此，我必须承认他依旧维持着王子般的尊严。那种高傲让我感到不适，但更为恼怒的是他的押解者。鉴于他们一介绍完情况，就像对待一个破麻袋似的，把他推向我这。一阵踉跄过后，最后囚犯倒向了我。我必须接住他，才不至于让两人双双跌倒。这时，我才注意瓦图阿人还带来两个女人。她们是齐沙沙的妻子。

"带她们来做什么？"

"让她们看看自家男人的下场。之后她们会回到自己的家乡，讲述在这里看到的一切。"

他们对待女人的方式更为粗暴,没有任何办法能阻止她们摔倒。那个在使团里发号施令的瓦图阿人又说:

"我们遵从了您方的条件,"使者说,"现在请贵军遵守承诺,即刻休战。"

如今一切都为时已晚,我暗想。战争消耗了自身,只留下灰烬在荒原上翻腾。使者来得太迟了,贡古尼亚内固执得太久了。但面对使者我保持沉默,心想收下我们追捕已久的战犯能派上用场。移交齐沙沙表明我们宿敌的绝望。贡古尼亚内下令在他心目中最安全的地方移交战犯,也就是我们的军营。时间、地点的选择化解了妥协的耻辱。他在发号施令,但他做的事说到底就是服从。

贡古尼亚内的手下让我们给齐沙沙松绑。他们想要回绳子。我忘了身上的残疾,试图解开绳结。哨兵完成了这项任务。国王的使团临走前目送着我们的士兵押解俘虏的酋长。囚犯中途转过身来,对带他来这的瓦图阿人说:"告诉你们的国王,最终加扎的天空还是飞满了燕子。"

囚犯和他的两位妻子被绑在军营中央的桅杆上,那里原是我们拴母骡的地方。我在那坐了很久,盯着囚犯,没有只言片语的交流。我也无法和他交流:男人对葡语的掌握程度甚至连粗浅都谈不上。而我于兰丁人的语言也不过只是个新手。但是,齐沙沙的脸上流露出对遥远帝国的怀念,对光辉和狂欢岁月的怀念。我在我们人民的眼中也见过这种怀念。

傍晚,哨兵通知我又来了一个信使。他孤身一人,筋疲力尽,看起来好像已经失明了。他浑身是灰,叫人无法辨别属于哪个种族。他想给医生送信。"我给白人多科泰拉送来这个。"他勉力交流。我们给了他一些水,他只用它润了润嘴唇,剩下的用来清洗脸和脖子。之后便转身消失在丛林里。

没过多久,罗德里格斯·布拉加医生走进我的房间,把信扔在我腿上。

"这封信不是给我的,是给乔治·林姆的。"

他走得和来时一样干脆。

这下清楚了:信使所说的白人医生是瑞士传教士。但和我接下来要说的事情相比,这不过是个无伤大雅的误会:那封信是林姆的夫人伯莎·里夫写的。信封躺在我的腿上,疑问却挥之不去:那个女人为什么给她朝夕相处的人写信?为什么又要不远千里地寄信?阁下,尽管我知道这有失体统,但我还是屈服于自己的好奇。也许把你纳入这起微小的罪行,是为了减轻压在我肩上的负罪感。但是阁下和我一样,也有权做出决定。如果您不愿偷窥伯莎·里夫的秘密,就读到这里吧。无论您做何决定,我在罗德里格斯·布拉加的帮助下把它翻译成葡语,亲自誊抄了信件。

亲爱的乔治:

你又一次邀请我,陪你踏上那些频繁而漫长的旅程。如果我是一只鸟,能飞越沼泽、湖泊和疲倦,我一定会跟你走。但我现在都没有力量和健康当一个人。我享受不到妻子的幸福,也没有成为母亲的希望。

此刻亦如我在所有等待的时日里所做的那样:我祈祷你回来的时候不似离开的时候那般疏远。你一直对我说,是我自己在疏远自己。频繁复发的间日热剥离了我的存在。但我失去感知不是因为疾病,而是因为悲伤。

我病了,乔治。空虚的顽疾折磨着我。因此我缺的不是医生,而是爱人。我求你:用你摄影时看向那些裸体非洲女人的狂热眼神看看我。看看我,乔治。你会看到我等的不是一个传教士。我渴望一位并不畏惧和我一起被火山灼烧的丈夫。

你作为传教士在非洲对抗巫师和巫婆的价值已经在瑞士得到认可。那么此刻,我亲爱的乔治,我希望你能用巫术蛊惑我。他们多么骄傲能有你这样一个救人无数的医生。而我却死在你的手中。你不爱我，我就会死。当你想着拯救我，我就死得更彻底了。我的存在重新失去光耀。我不需要更多的信仰。我需要生命。伤害我的不是你的残忍，而是你的无动于衷。你让我感觉渺小，不受重视，空空荡荡。这就是我，一个逆光中的形象。一张永远等待显影的相片。

第四十一章
四个面对世界末日的女人

> 排在队伍最后的病人头发浓密而杂乱,眼窝里装满了英国金币[1]。我的眼睛变成了钱,他解释说。我姐夫的眼睛死了,另一位原住民补充道。多科泰拉医治好了他的病。但我却不想让他给我看病。相反:我想一直这样下去。您知道吗,医生?从来没有人这么崇拜地看着我。我难道不会因为失明而痛苦吗?更让我痛苦的是当个无名小卒。
>
> (中士热尔马诺·德·梅洛日记节选)

我和因佩贝克扎内离开萨那贝尼尼后,发现连绵的大火封锁了林间的通道。等我们到的时候,远远地围着曼德拉卡齐的村落转了一圈。王国的首都只剩下一片灰烬。我们急忙赶往瑞士人的医院。

"我们在医院很安全。"恩古尼人的太后说,"白人不会攻击白人。"

白人女人伯莎、混血女人伊丽莎白、太后和我坐在医院所在的山头。我们四个女人望着草原燃起熊熊烈火。四个女人天差地别,坐在世界尽头的深渊。那时我想:根本不存在外部世界,燃烧的是我们自己。白人说地狱是魔鬼在大地深处燃起的篝火。如今,这把火烧上了大地。

---

[1] 英国索维林金币,名义价值为一英镑,实际被用作金币流通,以英国黄金主权命名。

"您的儿子呢，太后？"伯莎问，"贡古尼亚内躲到哪里去了？"

"他去了特沙伊米提。"因佩贝克扎内回答说。"但他去那不为躲避，而是现身，向去世的祖父索尚加纳祈求庇护。"

之后贡古尼亚内的母亲纠正了我当时的坐姿。我的亡母也对此事不厌其烦，鼓励我在席子上盘腿而坐。等我调整完坐姿，她冲我一笑，说：

"而你，伊玛尼，要和我一起去特沙伊米提。我不想再理会朝臣们的想法，我要让你马上变成王妃。"

一个在亡国之日加冕的王妃？我本想问出这个问题，但当我看着年迈的太后，她挂在脖子上的用玻璃珠子串成的长项链，以及脚踝和手臂上数不清的钢环时，我忍住了。我心想：越少做梦，越多装饰。神父鲁道夫说得对：比布莉安娜拥有一群忠诚的追随者，更像一位女王。而我预见到自己风烛残年之时，在恩科西卡拉尔的草席上腐烂的样子。我想因佩贝克扎内值得我坦诚相待。

"我的太后，我必须向您坦白：我在这并非自愿。是我心中的魔鬼逼我来的。"

"我认识那个魔鬼。你想谋害我的孩子？"

"谁告诉您的？"

"她们都这样。每个女人都想他死。"

这时她透露说她有一个计划。那时在萨那贝尼尼她就尝试告诉中士热尔马诺·德·梅洛。但是那个年轻人失血过多，晕倒在地。这肯定是巫术在作祟。因而她没有透露她的秘密，就离开了。在她的设想中，事态将这样发展：葡萄牙人会撤退，不再纠缠恩古尼王室：

"科奥莱拉战役之后，他们已经同意撤退，不再对付恩昆昆哈内。他们不会杀他，也不会把他关起来。因为我已经承诺白人，我的孩子会穿过边界，去德兰士瓦，去到大山深处。在那里，我保证他再也不会对葡萄牙人产生困扰。"

这个计划在我眼里错漏百出，太后却觉得合情合理：她不光从白人手上救出了自己的孩子，更重要的是把他从黑人那里救了下来。虽然她的孩子活到今天，但终究难逃接下来的冲突。根本用不着葡萄牙人出手。因为他在饥饿和绝望中死去的军队，会用自己的双手讨回公道。因佩贝克扎内需要说服加扎国王，葡萄牙人在科奥莱拉战役后，愿意退回伊尼扬巴内和洛伦索·马贵斯。没了葡萄牙人的威胁，贡古尼亚内可以安心地解散他的军队。若是恩古尼人的国王亲自下令解散军队，后者也就能免受羞辱。葡萄牙人也没有理由再起干戈。太后已经开始劝说国王。症结在于他身边的将军：战争九死一生，但同样也是他们的摇钱树。尽管如此，因佩贝克扎内还是信心十足。语言做不到的事，毒药可以。

"我不知道，我的太后。您怎么确定白人会同意您的方案呢？"

"因为他们已经点头了。"因佩贝克扎内表示肯定，"我和他们谈过。"

"那您知道他们为什么同意吗？"我问，"可能这原本就是他们的计划，打完科奥莱拉之战就撤退。"

"这再好不过了。这就意味着这是最后的战火，最后的地狱。"

ଓ

伯莎·里夫静静听着因佩贝克扎内的邀请，希望我能成为她的儿媳。她趁太后在场，提出了自己的意见：

"太后三思。他们给了她王冠，也会要了她的命。"

贡古尼亚内不光需要从战事中脱身，他还面临其他挑战。伯莎记得两周前贡古尼亚内娶的最后一任妻子来到医院。国王把她从斯威士兰的山里接了出来。女人到了曼德拉卡齐，就一直高烧不退。

"是魔鬼曼迪克韦。"年轻的处女说。

她接受了治疗。一周后，她带来一篮鸡蛋，以表谢意。她对医生说：

"啊，穆伦古[1]。你没有药能让国王少喝点酒吗？"

国王确实不在处理公务的时候喝酒了，但也必须承认，他私底下喝得昏天暗地，甚至让他在房事上心有余而力不足。

"如果你治不好我的丈夫，"年轻的妻子说，"还不如把我交还给先前的魔鬼呢。有时候生病反而能少受点罪。"

"乔治的诊断很干脆：酒精削弱了国王的雄风。"伯莎暗示说。

"别听他们瞎说。"太后请求道。

如果我注定成为国王的妻子，因佩贝克扎内说，我应该结合水与火的智慧：绕过障碍、拥抱敌人，用凶残的吻烧死他们。

接着太后用祖鲁语说：我不该听一个白人的话。毕竟，我不是还想要恢复我的非洲黑人魂吗？

伯莎感受到我身上渐增的压力，把我叫到一旁，摇着我的身体低声说：

"他们或许会让你当上王妃。但你真的能成为妻子？又或许只是一个奴隶？"

CR

这两个女人冲我挥舞着未来的旗帜。这是我生命中第一次可以为自己选择道路。但我却不知道何去何从。我不知道做一个如此简单的选择都那么费劲。无论选择哪条路，我都要离开我的家乡，离开我的语言，离开我自己。和瑞士人一起逃跑可以免我一死。和国王一起逃走能打开否定我过去的大门。但这两条路都有缺陷，都会让我失去热尔马诺。

---

[1] 班图文化所信仰的创世神。

这时，乔治·林姆气喘吁吁地跑来。一周前他从希科莫离开，回来时母骡和同行的伙伴都不见踪影。他高喊着让我们收拾东西，赶快逃离此地。

"他们放火烧了曼德拉卡齐。现在正赶着来烧使团。"

伯莎面不改色，好像对这一结局早已等待多时。她回屋叫上孩子。暴躁的丈夫一边匆匆收起相机和底片，一边大声指挥着行动。他告诉太后，山脚候着一支恩古尼人的军队，护送她去特沙伊米提。混血伊丽莎白被派去收起药物，把病人藏进附近的丛林。女孩耸了耸肩，不合时宜地对我一笑，轻声说：

"他不是在对我说话，乔治不会这样对我说话。"

很快，六个仆人早有预演似的把住处的物什搬到山脚。那里停着两辆母骡车。其中一辆已经被装得满满当当。车夫言简意赅地说："那是国王的东西。"瑞士人全家的行囊，只能装在另外那辆车上。医生来回奔波，催促我们尽快离开此地。从我身边经过的时候，他发出邀请：

"跟我们走吧，伊玛尼。"

他伸手挡住我的去路。一时间他挡在我身前，好像预感到这是我们最后一次见面。我坚定而不失礼貌地把他推开：

"我要给您的妻子帮忙。"我解释说。

我毫不拘谨地走进瑞士人的屋子，惊动了刚从卧室出来的混血女人伊丽莎白。她穿着伯莎·里夫的皮草外套。

"所有人都走了，但我不走。乔治会跟我一起留在这里，"她说，"我才是那个白人真正的妻子。伯莎是个失败的女人。没有火花。她是受潮的木头，永远无法燃烧。"

混血女人穿着那套古怪的衣服，来到院子里炫耀，她转了一圈又一圈，好像在跳一支舞，直到外套从她身上滑落，露出她的胸部。但她没有做出任何补救的举动,反而将整个身体暴露无遗。她就这样一丝不挂地回到房间。太后被逗乐了,为她的表演叫好。只有我注意到伯莎·里夫往小车走去,从包里取出丈夫的底片,把它们统统扔进龙爪茅丛。我永远忘不掉她诅咒伊丽莎白和她的种族时流露出的愤怒:

"该死的混血!把他们通通烧死在地狱里吧!"

她的诅咒也伤害到我。这是生理上的痛,躯体被魔鬼磨就的匕首撕裂。我从未想过言语能够如此伤人。我交叉双手,捂住小腹,好像这样一来我就听不到白人女人的咒骂了。

第四十二章
热尔马诺·德·梅洛中士的第十四封信

> 白人不知道石头是从土里种出来的。在没有神灵许可的情况下,石头被挖出来的时候就会死去。白人运走石头,建造雄伟的城池。他们用死去的石头建造城市,使得周围的土地也随之腐烂。这就是城市散发恶臭的原因。
>
> (比布莉安娜论采石者)

希科莫,1895 年 12 月 24 日

尊敬的艾雷斯·德·奥内拉斯中尉先生:

我怕这封信永远到不了您的手里。我不抱希望地把它寄往洛伦索·马贵斯。然而,阁下很可能已经离开莫桑比克了。不管怎样,我拜托今早离开希科莫的厨子捎上这封信。我这么做,是因为这次向您传递的消息和之前的截然不同。我先是要向您表示遗憾:莫西尼奥·德·阿尔布开克传唤上尉桑切斯·德·米兰达的时候,阁下并不在希科莫官员的会谈室。我无法用言语形容莫西尼奥·德·阿尔布开克眼里燃烧的火光,这和他军事上的冷静性格形成鲜明的对比。等米兰达来了,莫西尼奥毫不废话:

"我要推进我的计划!"

"您说现在,圣诞节的时候,总督?"

"越快越好。还有,别这么叫我。我只是个上尉,仅此而已。"

莫西尼奥刚刚被任命为加扎军区的总督。他就袭击贡古尼亚内的新营地一事已经深思熟虑:在卡菲尔人看来,葡萄牙的军事进攻已经告一段落。连宫殿广场[1]也觉得此事到此为止。国内已经下令撤军。

"还有比现在更好的时机吗?"阿尔布开克问。

桑切斯·德·米兰达谨慎地回应了长官激进的策略。他想知道我们会如何处置贡古尼亚内,是杀了他,还是将他囚禁起来。到时候再说,莫西尼奥回答道。地处林波波北岸的兰格内军营刚刚传来消息,这让米兰达担心起一个问题。他知道沙伊米特[2]人民的支持并不可靠。然而,莫西尼奥如今不再单纯是个上尉了。他听到了完全不同的消息:葡军将当地五十三名首领纳入麾下。科奥莱拉战役之后,多数酋长已经宣誓效忠葡萄牙。"别混淆了恐惧和忠诚。"米兰达上尉争论说。卡菲尔人活在两种恐惧之间,他们既畏惧贡古尼亚内的凶残,又害怕我军获胜后对不是我方阵营的人痛下杀手。

阁下,这就是两位军官之间的对话。莫西尼奥摩拳擦掌的计划恰恰是我最深的恐惧:有人在贡古尼亚内最后的藏身之处见到了伊玛尼。这是去林姆的医院放火的军人告诉我的。据目击者说,女王逼迫伊玛尼陪驾。在对抗瓦图阿国王的决战里,我的心上人可能会被横飞的子弹夺走生命。

"我能跟您一起去吗?"我胆怯地问。

"你是谁?"莫西尼奥问。

桑切斯·德·米兰达抢先一步回答。他知道我是谁,知道我一个月前开始在医院工作。鉴于布拉加医生不在医院,我在部队回来之前还是留在

---

1 葡萄牙王宫所在地,代指葡萄牙王室。
2 特沙伊米提的葡语名。

201

军营为妙。罗德里格斯·布拉加次日就回,接任据点的统帅一职。

两个上尉又争论起来,语气愈发严肃。在米兰达看来,进攻不过是种冒进,风险极大。但没有什么能动摇阿尔布开克的信心。贡古尼亚内绝对料想不到他们会进攻。他刚刚交出齐沙沙,这让他相信已然博取了我们的好感。争论的最后,米兰达问洛伦索·马贵斯的指挥部是否知道此次行动。对此,阁下,有必要一字不差地引用莫西尼奥的回答:

"指挥部?洛伦索·马贵斯?我一样都没听过。"

等莫西尼奥走了,米兰达上尉对我说:

"这家伙疯了:五十个士兵站在那样的暴雨里和深陷地狱有什么区别。我们将迎来一场集体自杀。"

"我替你去。"当我看到他收拾行装,提议说。

桑切斯·德·米兰达叹了口气,笑了。

"我必须去。"他回答说,"因为一个悲哀的缘由。我去是因为我要冒充别人。"

原住民以为他就是马凡巴切卡,把他认成了已故的迪奥克莱西安诺·达斯·内维斯。那个葡萄牙猎手深受卡菲尔人的爱戴。因为这番误认,每次只要米兰达领队,我军就会受到黑人的热情接待。

这支冒险的军队刚刚迈过营地的大门,米兰达上尉像是突然想到一件迫在眉睫的事,他回头找到我,用近乎绝望的语气对我说:

"你真的想派上用场吗?那就即刻去洛伦索·马贵斯送信。警告他们一场悲剧即将来临。"

话落,他回到已经走到林子外面的部队。我惊愕于那条奇怪的指令,站在军营的围栏处目送军队离开。还有三天就是圣诞节了。大雨滂沱,那些葡萄牙人就像在海里航行的船。我在码头上看着船帆迎击海浪,宛若史诗中的场景,但更为悲壮:人们几乎连站都站不住,瘦弱的母骡也没有力气拉车。这不是一支行进的部队,而是一行走向坟墓的病人。与那幅悲伤的画面不同的是莫西尼奥·德·阿尔布开克堂吉诃德式的眼神。他统领着队伍，犹如天神下凡。

之后，我开始执行我的任务。事实上，那唯一的任务拷打着我的内心，那就是桑切斯·德·米兰达可怕的命令。我多希望您能在这啊，我的中尉。因为那一刻，我仿佛手握一把双刃剑。听从上尉，就是违背总督。把信送到，我也许能阻止一场波及全国的灾难发生。不去送信，也许就不能对我们最强大的敌人实施最后的抓捕。此外，还有实际操作上的问题：我要怎么快速把消息送到洛伦索·马贵斯呢？那时，我想起医院的病人里有个电报员。是他倚靠着我，发送了消息。他十分虚弱，我必须扶住他键盘上的手指。那个不幸的军人不时忘记摩斯密码。之后，他的脸上散发出的最后一道光彩，又敲起键盘。那恼人的敲击声于我无异于最美妙的音乐。

我回到房间，重新斟酌起把电报发给安东尼奥·埃内斯的决定。那时我才意识到皇家特派员可能已经返回里斯本。但我觉得洛伦索·马贵斯指挥部的人，会把电报转发到里斯本。那是我的信念，我的赌注。然而，希望往往会撞上现实的坚墙。中尉明白我的意思。我们的指挥部盛行着这样一种观念：贡古尼亚内在科奥莱拉战役后一蹶不振，他的军营尽毁，军队一败涂地。

谁知道呢，也许阁下您也和参谋部的军官一起返回了里斯本？也许您也觉得战争结束了。就算贡古尼亚内不投降，在他的土地上四处流浪也无伤大雅。除了莫西尼奥，没有人急于抓捕这个男人。

次日，我的电报机发出震动。那个如今身体愈发虚弱的病患，逐字逐句地转译着某双无名之手在世界另一头写下的信息。最后，他把消息抄到纸上。信使感到犹豫，最后窘迫地把手稿交给我。他说文本很长，这里只是摘要。寥寥的几行字却在我心中掀起惊涛骇浪。纸上写着：

莫西尼奥上尉，

停止作战，即刻带领军队撤回希科莫！

签名：代理总督

电光石火间，我做出决定。我收拾好行李，让营里的一个厨子和我一起迅速南下。我们必须拦住莫西尼奥。厨子拒绝了。我也许能掌管军营，但他不听我的命令。我向他许以重金，尽管我根本给不出那笔钱。他这才同意陪我。

黑人又矮又胖，背着背包，里面装有补给和水。还没等我们走出军营的范围，他就说：

"朗加。"

"什么意思？"

"这是我的名字。别再叫我'厨子'了。"

厨子朗加重获新生，轻快地领着路。很快他就体现出他作为旅伴的重要性。他知道我携带重要文件，于是建议我把它从口袋拿出来。"汗水嫉妒油墨。"他幽默地说。他是洛伦索·马贵斯人，在军队里干了十几年了。尽管体型庞大，朗加健步如飞，在不耽误赶路的情况下对我表示永远不要小看厨子。贡古尼亚内军中的一代名将，马吉瓜内，原来就是穆齐拉王宫的厨子。

我们在途中遇到一群女人。她们说葡萄牙军人确实经过此地。他们就在这里被一群戴着王冠的瓦图阿人拦下。她们说那些人见到莫西尼奥，就趴在地上行礼：

"拜耶特，恩科西！"

在一名黑人葡萄牙语翻译的帮助下，他们与之交谈，声称想要加入葡萄牙军队。

"我们想要亲眼看到穆顿卡齐战败，那只瞎眼的秃鹫。"卡菲尔人说。

葡萄牙人不确定是否要接受他们的帮助。

"让他们来,但不能带枪。"莫西尼奥宣布说。

于是卡菲尔人和白人一起南下。现在约有两千盟军在马瓜尼亚纳平原上穿行。

又过了一小时,我们来到印度人开的杂货铺。他们坐在商店门口的木制台阶上,享受着晨间的阳光。这些印度人把控着酒精生意。

印度人确认了莫西尼奥的军队来过店里补充粮草。在那个阳台上,他们还接待了两名贡古尼亚内的使者。他们献上三只巨大的象牙和六枚英国金币,赠予马凡巴切卡夫人。"马凡巴切卡"是桑切斯·德·米兰达上尉在当地流传的名字。阁下,一想到这个错误如何取悦了米兰达,我也忍不住发笑。印度人精通当地语言,全程参与谈判。他们说,贡古尼亚内让使者邀请莫西尼奥·德·阿尔布开克在河边会面。他们将在那里商讨如何实现莫桑比克南部久违的和平。据他们说,莫西尼奥拒绝了对方的提议。

我们决定在那留宿。商人们在地上铺了些衣物,好让我们睡得更舒服,之后又把店铺全权托付给我们。香料的味道或许能驱散蚊虫,但它过于浓烈,让我们无法入睡。屋外大雨如注,夜色浓重得像水做的床单。我感谢上天降下大雨,因为这能拖慢我们追赶之人的行进速度。

第一道曙光到来之前,我们就启程上路。那天乌云蔽日。在那片方向难辨的土地上,朗加的悠然大大宽慰了我。我们行走的森林幽暗无比,目距不到一臂。我们刚走到开阔地带,就遇上两个举步维艰的葡萄牙军人。和他们一起的还有六个黑人。白人认出了我。他们是莫西尼奥的部下,但病得太重,只能返回希科莫军营。当我表明来意时,他们嘲笑说:"拦住莫西尼奥?还不如拦下一阵风来得容易!"我们追赶的部队现在大约领先我们六英里[1]。伤员回忆道,他们最后抵达的地方是个湖,叫莫塔卡尼。葡

1　1英里约合1.6千米。

萄牙人口渴难耐，湖水广袤深邃。然而，结盟的黑人看到湖水后，就成群结队地跳进去泡澡，边洗边喝。他们搅动着淤泥，把湖弄得又臭又脏。口干舌燥的葡萄牙人咒骂黑人没有教养。莫西尼奥·德·阿尔布开克担心桑切斯·德·米兰达德上尉的身体，想到他的战友应该撤回希科莫。米兰达自打离开军营起，就高烧不退，吐到双眼无神，如同两块黝黑的石头。但病痛缠身的上尉拒绝撤退。就算他并不支持出兵，他也会走完那段疯狂的奥德赛。不是因为他能做什么，而是为了他能够阻止的不幸。

  这些消息还不算太糟，我心想。任何莫西尼奥行军路上的拖延对我而言都是安慰。也许我生性悲观，但我时刻都能看见子弹击穿了伊玛尼的身体。有时是流弹，有时是针对整个王室的屠杀。我的爱人被当成国王的女人倒地不起。

第四十三章
子宫里盛放的一切

这就是我提出的方案。去找那些刚刚懂事的少年。偷走他们的姓名,带他们远离家乡和亲人,抽干他们的灵魂。这些士兵会为您征服帝国。

(恩昆昆哈内,引用自伯莎·里夫)

葡萄牙人管那个地方叫沙伊米特。名字是否准确不重要,重要的是没人能想到国王会出现在那里。也许那就是贡古尼亚内的本意:让人猜不透他的下落。潜逃之人不是要从一个地方逃走,而是消除那样一个地方。恩古尼人的国王想和死去的人在一起。那里埋葬着他的玛努库斯[1]。那是一片神圣的土地。他找不到比这更好的避难所了。

我和太后穿过火中的曼德拉卡齐平原,来到特沙伊米提。烟幕后的远处坐落着瑞士人的医院。不管谁来国王的住处,都要先穿过由木桩和荆棘制成的围栏。唯一的方法就是从一个长宽不足一米的入口进入。我和太后像牲畜一样爬进一个宽敞的庭院,周围是十几个用黏土和茅草搭建的破房子。这些屋舍被恩古尼人称为西戈德居。我们刚结束艰难的旅程,还来不及洗漱休整,就去觐见国王。国王选来伴驾的王妃们都坐在院子里。七

---
[1] 恩昆昆哈内的祖父。

位后妃都坐在地上,永无止境地坐着,没有自己的座椅。突然,从侧面的阴影里走出一个女人。我立马认出了她,但惊诧之下一时间没能叫出她的名字。

"比布莉安娜!"我喊道。

我迫不及待地跑去拥抱她。这时,萨那贝尼尼的女先知用一个简单的手势,让我克制住自己,和她保持距离。

"是我叫她来的。"因佩贝克扎内说。她解释道:比布莉安娜是恩达乌人,和太后同族。贡古尼亚内的前两任国王都把首都设在那个民族的土地上。我们需要有人与河流对岸强大的魂灵交流。这就是比布莉安娜出现的原因。特沙伊米提是圣地。这样的地方只能靠大祭祀的祝祷才能开启。

❧

很快,夜幕降临。我们睡在室外,因为屋里没有空余的位置。就算有,我也觉得远离墙壁要安全得多。我找了一片空地,避开所有人,尤其是那些女人。几个月来,绝大多数加扎人民都睡在露天里。房子只有到了白天才热闹起来。晚上,它们如新月般隐去。

半夜,比布莉安娜来了。她穿着一身黑色的外套,犹如暗夜派出的精灵。她在我身旁躺下,让我压低音量说话。

"我的父亲呢?"我焦急地问。

"他留在了那里。我一个人来的。但他很好。"

"他有说起我吗?"

"他让我给你捎句话,希望你不要忘记诺言。"

"我应该和瑞士人一起走。"

"你会和葡萄牙人一起走。"

"我不相信你的预言。"

"这不是预言,而是谈判。而且谈判的人也不是我,是太后。她和葡萄牙人谈好了,让你和他们走。"

"我不信。"

"你还是信我为妙。今天晚上因佩贝克扎内已经派使者去见马凡巴切卡了。"

"那个男人很多年前就死了。"

"你口中的那个死人明日会穿着军装,来到这里。"

她把食指竖在唇上,示意我不要说话。我应该沉默地听取她的重要建议。明天一早,我应该坐在她身边,但也不要靠得太近。那里将展开一场魂灵之战。没有必要招人嫉妒,因此我应该和后妃们保持距离。因佩贝克扎内会在特定的时刻传唤我。我应该光着脚出现,裸露得好像失去了自己的双足。

"这就是明天的安排。"比布莉安娜总结说。我们沉默不言,被黑暗吞没。当我觉得女祭祀已经睡着的时候,她又开始说话。

"那是个男孩。"她顿了顿,"你腹中的孩子是个男孩。"

这时,比布莉安娜把手覆在我的小腹上。我僵住了,除了脸上湿润的水渍,整个人都成了一块石头。我怀孕了。我爱上了那个窝在我身体里的生物。我爱他更甚热尔马诺,他并不知道他要当父亲了。我爱他更胜我自己。

内心深处的感情撕扯着我:一个我想要隐瞒怀孕的事实,另一个我祈祷有人能注意到我的小腹。光是引人注意还不够,还要受人庆贺。马上要成为母亲的我,从来没有那么渴望成为一个女儿。眼前的人像母亲一样安慰着我。那个我借来的母亲,只是把手放在我的肩上,哄我入睡。

CR

那天晚上,我又一次梦见自己分娩武器。这次,中士热尔马诺以标准的军姿,站在产婆边上,等待孩子出生。最后一阵宫缩过后,我的子宫生下一把矛,一把漂亮的矛,柄上装饰着黑色和红色的珠子。中士失望地后退,这样说:

"我要的是一把剑。一把剑,伊玛尼。现在我要怎么和我的长官交代?怎么和我的母亲交代?"

没有达到热尔马诺预期带来的沮丧,加重了分娩的疼痛。

"对不起,热尔马诺。"我难过地说,"但这是我们的女儿,一把矛,快抱抱她。"

葡萄牙人迟疑地看着新生的婴儿,眼神里跳动着犹豫,最后,他坦白说:

"我做不到。对不起,伊玛尼。那不是我的孩子。"

❧

我在破晓时分醒来,整个人都被露水浸湿了。比布莉安娜早就起床了。太后坐在她的位置上,轻声向我问好。她语调平平地为那个早上即将发生的事情安慰我。我应该保持冷静。因为她认识葡萄牙军队的指挥官。那个男人有两个名字,两种人生。葡萄牙人叫他迪奥克莱西安诺·达斯·内维斯。黑人叫他马凡巴切卡。十二年前,迪奥克莱西安诺死了。但马凡巴切卡仍旧放声大笑,在荒野上游荡。他还是一个好白人,一位家族的老友。那个葡萄牙人走进西戈德居见到她的那一刻,就会友好地问候她,拥抱她的儿子,和她的孙子戈迪多一起玩耍。

"我们走了有段日子了,您怎么知道是那个男人在指挥军队?"我害怕地问。

"有人告诉我,说看见他在湖边行军。"

"但我的太后,十二年过去了。那个人不会是他的儿子吗?"

因佩贝克扎内对此深信不疑。

"就是他。"年迈的夫人向我保证,"每个种族都会有人死而复生。白人也是如此。从基督耶稣开始。"

⁂

"跟我来,我要去给恩昆昆哈内治病。"比布莉安娜对我说。天色很暗。还没等我反应过来她就走了。她背对着我,指了指在院子的角落里摇曳的篝火。我坐过去,睡眼惺忪,思索着女先知的话。她说她去给贡古尼亚内治病,而不是她去照顾贡古尼亚内。

没过多久,比布莉安娜带着国王回来了。他开始提前怀念自己的王国,陷入疯狂。他裹着毯子,迈着囚徒一般的步子走进院子,像是害怕掉进黑暗的深渊。恩昆昆哈内停在火焰前,一双裸足危险地站在火堆边缘。女人把他往后拉了一把,在他耳边轻声说:

"当心着火。"

"别人看见火焰,我只看见阴影。"

"我知道您在恐惧什么。"女人说,"当人看向火焰,也会看见海洋。"

"昨天晚上我又梦到海了。你知道这意味着什么吗? 意味着我大限将至。"

这时,比布莉安娜在国王脚边倒了一小碗水。

"海可以是监狱。"女先知说,"但也能变成您的堡垒,比全天下的西戈德居更坚固的堡垒。最想害您的不是别人,是您自己的手下,恩科西。多提防自己人吧。"

她把最后几滴水倒在穆顿卡齐腿上说:

"这是海里的水。现在我要回家了。"比布莉安娜最后说。她尽其所能地大声说话,以便让我听到。我想要去她身边,但她伸出手:"不用告别,我永远都在你身体里。"

日上三竿，我按照指示，在院子里找了一个不起眼的地方坐下，身后是恩昆昆哈内藏身的房子。我背对着比布莉安娜，像其他女人一样保持缄默，垂眸看地，等待时间的流逝。院子周围坐着宫里的高官显贵。他们坐在富丽堂皇的椅子上，用传统的角马尾慵懒地驱赶着哀怨的蝇虫。这一切都发生在巨大的阳伞之下，由几个少年不间断地支撑。

人们在等大臣扎巴和苏卡纳卡回来，恩昆昆哈内派他们去试图阻止葡萄牙人的进攻。他们还带上了六百英镑和一些象牙，企图用金银财宝收买进攻者，让他们回心转意。

使团很快回到特沙伊米提。他们走入院中，摇了摇头。这时，宫里的马纽内顾问下令，派出一支新的使团。组成使团的大臣不变，但由国王最宠爱的王子戈迪多亲自带队。新的等待，不变的炎热，王妃们同样的斜目以视。其中一位妃子起身，为在场的人添水。这份体恤唯独将我排除在外。因佩贝克扎内用一个简单的手势，纠正了前者的疏漏。

一小时后，戈迪多回来了。他向葡萄牙人提出新的报价：同等价值的金币和象牙，外加七十三头牛，和齐沙沙的十个女人。对方再次拒绝了这一方案。这是最后的挣扎。现在他们只能静待敌军发起进攻了。

因佩贝克扎内有力的声音在不祥的静默中响起，她说话的语气好像明天就是世界末日："不要开枪，不要抵抗。不会流血的。昨天晚上穆齐拉给我传话了。"

人们听到葡萄牙人到来的动静，后者已经冲到西戈德居门口。我别过头，没有勇气面对现实。太后的脸上露出惊恐的表情。冲进院子里的人不是她预想的马凡巴切卡。不是他，也不是迪奥克莱西安诺，他死去的双生兄弟。闯进圣地的是另一个乱喊乱叫的葡国兵。其他白人也冲进来了，唯独不见马凡巴切卡的身影。后来我们才知道，上尉病重，没有参与最后的决战。他留在百米以外的村庄养病。

太后感到迷茫。她所有坚信的东西都化为幻影。那个喊着"贡古尼亚内！贡古尼亚内！"的白人，脸上丝毫没有要好好谈判的样子。一切都结束了。

这时，那个尊贵的女人哭着扑倒在葡萄牙军人脚边。她哀求葡萄牙人，不要杀害她的儿子和孙子戈迪多。而我却暗中祈祷他把剑刺向国王，用那些白人的手为我的黑人兄弟报仇。然而，母亲的哭喊战胜了我对上帝的呼求。

第四十四章
热尔马诺·德·梅洛中士的第十五封信

[……]在绝对的静寂里,我高声呼喊着贡古尼亚内的名字。但凡他敢拖延时间,我就一把火烧掉屋舍。这时,我看见一个瓦图阿人的首领从里面走了出来。米兰达和科托中尉马上认出了这个人——他们在曼雅卡泽见过几回。你无法想象他回答我头几个问题的时候,是多么趾高气扬。我下令让一个黑人士兵把他的手绑在背后。我让他坐下。他问我坐哪,我往地上一指。他高傲地说那太脏了。我强行让他坐在地上(这是他平生第一次),跟他说他已经不再是恩古尼人的首领,只是一个普普通通的聪加人。我向他打听克托、马纽内、穆伦戈和马吉瓜内。他指了指身边的克托和马纽内,说另外两人不在这里。我痛骂马纽内(他就是贡古尼亚内的魔鬼灵魂)一直和葡萄牙作对,而他只是回了一句,他知道他该死。接着我下令把他绑在围栏的竖杆上,让三个白人射杀了他。他没有机会像个真正的英雄那样冷漠、高傲地死去。他只是笑着说还是不要绑住他,这样他中枪之后就会倒地。之后轮到克托[……]他是穆齐拉唯一想要和我们打仗的兄弟,也是唯一见证了科奥莱拉战役的人。[……]我同样让人把他绑起来枪毙了。

(若昂金·莫西尼奥·德·阿尔布开克,加扎地区军事总督写给莫桑比克行省临时总督科雷亚·兰萨参谋长的报告节选,1896)

沙伊米特，1895 年 12 月 31 日

尊敬的艾雷斯·德·奥内拉斯中尉先生：

事前声明：
　　这封信不是写给您的。写它只是为了让我能继续书写。这几页纸永远不会变成一封信。然而，我还是会继续写，仿佛阁下明天就能读到这些胡言乱语。我把它当作我在非洲痛苦岁月的日记，当作我的一部分。

　　我来到沙伊米特，但被人拦在外面：贡古尼亚内新的西戈德居被两千多人团团围住。阁下一定知道，西戈德居是原住民给皇家城堡取的名字。尽管人数众多，但人们维持着一种近乎宗教的肃穆。厨子朗加看到那么多人，连忙说："您去吧，我留在这儿。"说着就躲进了非洲无花果树的树荫里，距离人群约有五十米。我跟着他，试图说服他和我同去。我依然需要他的帮助，作为翻译而非向导。突然，我在那片树荫下撞见上尉桑切斯·德·米兰达。他躺在席子上，苍白得像具尸体。两个陪在他身边的士兵解释说，上尉非常虚弱，脱水严重，时常陷入昏迷。在他貌似清醒的瞬间，我都没顾得上问好，就从包里拿出那张写着总指挥部指示的纸条。"看啊，上尉，看啊。"我摇晃着纸片。但桑切斯的眼里没有文字，没有纸条，也没有人。
　　我听见人群狂热地沸腾起来，士兵们用剑敲击地面。一群从我们身边走过的女人高喊："贡古尼亚内坐在地上喽！葡萄牙人把他捆起来喽。"
　　又来了一群人齐声唱着："秃鹫，秃鹫，去死吧，秃鹫。别再来偷我家的母鸡。"
　　我到处寻找厨子，但他已经溜走了。我做出决定，站起身来：我要在黑人里开出一条路，无论他们有多少人，无论要耗费多少时间。我借助请

求和手肘，试图挤出一点空间，但一段令人绝望的时间过后，我发现自己连西戈德居外的院子都看不见。突然，我听见枪声。一个骑在壮汉肩上的老人告诉我，就在刚才贡古尼亚内最为器重的官员被枪毙了。他提出把他的位置让给我，他巨人朋友的后背。我好不容易才爬上那个大高个，他裸露的背部不停冒着汗。在高处我能看见一个被五花大绑的男人。旁边的人透露说："那就是马纽内，官员之首。"奇怪的是，他们解开了大臣身上的绳子。他被释放了？他的脸上燃起自信的笑容，仿佛证实了这点。但很快又是一阵枪雨，马纽内倒在地上。随之而来的是墓地般的沉默。人群害怕子弹会扩大射杀的范围，开始后退。面前空出一片区域。我跳下黑人的背，高声喊道：

"中止行动！中止行动！"

我激动万分，过了许久才意识到我的想法有多愚蠢，尤其是我还滑稽地使用了"中止"一词。

我不再叫喊，但继续在黑人间穿行。我终于走到庭院附近，透过树枝的间隙看见莫西尼奥，他背对着我，脚边还跪着一个苍老的女人，正在哀求他。

"穆伦古，我是太后。不要杀害我的孩子。还有我的孙子戈迪多。"

我的眼睛绝望地搜寻着伊玛尼，但她没有和其他女人一起待在院子里。一个爬到树顶的少年向我描述了院子里发生的事：贡古尼亚内交出了黄金和钻石，还承诺把藏匿的牲畜和象牙统统上缴。这时一队士兵拆毁了部分围栏，强行拓宽了入口。我跨过残存的围栏，开始呼喊伊玛尼。匆忙间，我撞上了科斯塔中尉，他协助莫西尼奥，参与指挥此次行动。他问候了我，告诉我米兰达的警卫兵已经上报了我来到此地的古怪意图。

"您不相信我吗，中尉？安东尼奥·埃内斯亲自下令。"我用自己所剩不多的手指攥着纸条，不停摇晃。

中尉把我推向一队士兵和刚抓到的俘虏。他一边在人群中为我引路，一边解释。如果真的出现问题，下达命令的人也不会承担任何责任。只有读到命令的人会有麻烦。但这种事情不会发生。因为扬扬得意的莫西尼奥·德·阿尔布开克正手握剑柄，一心只想把胜利甩在那些质疑他的人的脸上。

"忘掉命令吧，木已成舟。现在跟我来，我们一起回去。"中尉坚持说。

我跟着那支奇怪的队伍，同时继续从围在我们四周的人群中找人。所幸，一些士兵要求休整一番，在回去之前恢复体力。莫西尼奥勉强同意了。休息不宜过长。他怕瓦图阿人从最初的错愕缓过神来，重新组织部队，强行救出他们的国王。

这时，中尉桑切斯·德·米兰达在两个士兵的搀扶下向我们走来。任务不可思议的成功似乎为他注入些许活力。莫西尼奥下马，给了他可怜的战友一个拥抱。桑切斯·德·米兰达在回应对方的问候前，用虚弱的声音问：

"为什么要杀了他们？"

"如果不这么做，会显得我们软弱无能。"莫西尼奥回答说。

他们把我们的人叫成娘炮、母鸡。我们急需用鲜血树立权威。莫西尼奥骑上马。他在马上看着士兵们正在潮湿的龙爪茅丛里寻找干燥地带。刹那间，笑意照亮了他的脸。他用自己的私人翻译，下令让瓦图阿士兵把盾丢在地上，给白人当坐垫。贡古尼亚内的军队爆发一阵抗议。他们虽然战败，但没有丧失他们的骄傲。在他们的荣誉守则中，丢弃盾牌是最严重的耻辱。莫西尼奥发觉抗命的态势，于是举起步枪，大摇大摆地骑着马绕了一个大圈。很快那些战败的士兵纷纷放下武器。上尉回到桑切斯·德·米兰达身边，脸上浮起隐秘的笑意：

"看到要怎么做了吗？"

第四十五章
最后的河

> 人们无从得知恩古尼人对贡古尼亚内的真实情感。毫无疑问，他们把他当作军事和政治首脑，但对他的恐惧多过爱戴。相传，最后当莫西尼奥·德·阿尔布开克的军队将贡古尼亚内押走时，人群高喊着"Hamba kolwanyana kadiuqueda inkuku zetu"，这在祖鲁语里的意思是："滚吧，秃鹫，糟蹋了我们的母鸡。"
> （劳尔·贝纳尔多·翁瓦纳，《回忆录》，2010）

我发誓我在人群里看见了热尔马诺。一个白人在黑人中间总是过于显眼。不光是因为肤色不同，更是他身处其中所展现出的尴尬。我跑向他，一颗心快要跳出胸口。我想抱住他，我想告诉他我怀孕了，我想要一个缓解思念的拥抱。但是那个身影转瞬即逝。我也混入混乱的人群。我又看见一个白人士兵，"热尔马诺"的名字脱口而出。但转向我的却是一脸诧异的圣地亚哥·达·马塔。他花了几秒钟认出了我。他两眼充血，脸涨得通红，弓着身子前行。他急迫地拜托我：

"我去草丛里方便一下，能帮我看下枪吗？小心点，好好看着这宝贝。附近有很多黑鬼出没。"

他把武器往我怀里一扔。显然他走得很急，用着最小的步子和最快的速度。他蹲进草里，松开裤带；在那里一边做着鬼脸，一边哼哼唧唧。

各种想法接踵而来。我看着国王的女人从身边经过,她们最重要的使命就是不让人注意到自己的存在。另一群穿鞋的女人迎面走来,她们步伐庄重,手捧书籍和本子。还有一些女人穿着护士服,高耸肩膀,眼神坚定。那时,我的脑中跳出一个问题,简单、可怕:有什么是一个黑人女性不敢做的?答案显而易见:用枪射死一个白人。

突然,我像是被另一个灵魂夺去了一般,拨开圣地亚哥步枪的保险栓,瞄准他藏身的灌木丛。我找到蹲在地上的军官,他毫无戒心地把枪交给我,给了肠绞痛的自己一个解脱。我把枪管抵在他皱纹横生的额头,按动扳机。我看见男人倒在地上,神情一如临死前的弗兰塞利诺,眼里充满新生儿的惊恐。军人血流不止,四肢抽搐得厉害,我毫不犹豫地朝他又开了一枪。那个占据我身体的灵魂借我的口宣告说:

"你说得对,圣地亚哥·达·马塔。附近有很多黑人出没。"

这时,一种全新的感觉操控了我:我是世界的主人,不幸者的复仇者,黑人和白人共同的女王。我是比布莉安娜的盟友,和她一起遵从神的旨意拨乱反正。

随后,我平静下来,四处观望,害怕枪声引起人们的注意。但在欢庆时分,没有人注意到刚刚发生的事。我握紧枪,在疯狂的人群中挤出一条道路。面前经过一队被恩古尼人铐上枷锁的囚犯。打头的是国王的七位王妃,后面跟着戈迪多和穆伦戈,他们分别是贡古尼亚内的儿子和叔叔。

我把武器藏进身上的卡布拉娜。左手暗中隔着衣物,紧张地摩挲着枪管。我在等加扎国王出现,实施我承诺过的最后的复仇。一帮葡萄牙军官经过,其中就有莫西尼奥·德·阿尔布开克。他骑着白马,宛若天神。当我们眼神交汇,阿尔布开克微微点头。起初,我还以为是一只透明的蝴蝶从他脸上挣脱。一片光翼掉落,宛若阳光的碎片。我上前摊开右手,接住了它。那一刻,我发现那是一小片圆形玻璃。我将物归原主,莫西尼奥微微一笑,表示感谢。"我不该戴着眼镜穿越丛林。"他的笑容含着浓浓的哀伤。

突然，一个熟悉的声音喊道："就是她！"叫喊声又重复了一遍。因佩贝克扎内指着我嚷嚷，拦住了上尉的马。

"她就是我之前说过的女人。"她脸红地说。她深吸了一口气，好似这就是她的遗言，"她就是皇儿最后一任妻子。"

"把她带到那群女人那里去。"莫西尼奥指了指我，简洁地命令道。

"但我们已经带走七个了，我的上尉。"科托中尉不好意思地抗议。

"那她就是第八个。"

我知道我没有犹豫的时间了。那时，国王落魄的身影出现因佩贝克扎内身后。我小心翼翼地举起步枪，调整位置准备射击。这时，我手中的枪被人夺走。有人悄无声息却无比坚定地收走了我的枪。是热尔马诺，我的热尔马诺！我的中士贴着我的身体，强迫我把枪交给他。他轻声说：

"你疯了吗？你想找死吗？"随后，他难以置信地问："圣地亚哥，是你杀的？"

我们偷偷握住彼此的手，我的手指和他剩余的手指交叠在一起。我把全部的生命都托付给那个手势。短短数秒的时间却像是过去整个永恒，直到一名士兵将我强行拖走。莫西尼奥急于离开，那里有那么多持有武器的人，没有人相信此次行动能进行得如此顺利。

队伍加快了步伐。拖走我的士兵拿出绳子，捆住我的双手。热尔马诺留在远处，无法理解当前发生的事。当他看见我被绑住的时候，以为他们发现是我杀了圣地亚哥。这时他举起步枪，喊道："那个女人是无辜的。是我杀了圣地亚哥！是我杀了他。"

我看到的最后一幕就是两个军人逮捕了热尔马诺·德·梅洛。我听见他清晰无疑的声音哀求道：

"小心我的手，别绑手腕。"

正当我准备拒绝爱人为我替罪的好意时，太后给了我一个类似离别的

拥抱。她就这样抱着我,悄悄对我说:

"让他去吧。你现在是国王的妻子。"

中士在视野中消失,连声音都远去了。他被混乱的队伍带走而我双手被缚,在因佩贝克扎内的怀里动弹不得。我无可奈何地叹了口气,太后这才松手。

"作为国王的妻子,你穿得还不够隆重。"她说。

她在我脖子上挂了一串彩珠,上面的吊坠非常醒目,是一个铜制的矛。她说这个护身符可以保护我,就像她希望我能保护她的儿子。

太后转过身,准备回到她的家乡。或是说,回到家乡所化作的灰烬。比布莉安娜预言说因佩贝克扎内会被她自己的军队杀害。但当这位老妇人与她的儿孙无声地告别时,好像已经被剥夺了生命。

我在那支庞大的队伍里好似独自前行。我们往南走,穿过兰格内平原。我们在暴雨里走了两天,终于来到奇玛卡泽的大河沿岸。葡萄牙人管它叫"林波波",当地人则称之为"孕河"。莫西尼奥下令为我松绑。我情愿让绳索缚住我的皮肉,也不愿忍受那些王妃向我投来的背叛的眼神。之后,我把身体浸进河中。那时我才注意到河岸两侧都挤满了人。

港口来了一队希科莫的葡萄牙士兵,跟他们一起来的还有被俘的齐沙沙和他的两个妻子。她们和其他八位王妃待在一起。我承认,齐沙沙平静的姿态让我感到震撼。他坐在码头上,双手被绑在背后,眺望着对岸,仿佛他是整个世界唯一的居民。他的领土就在对岸,但他怀疑自己再也无法回去。他贵族般的姿态让加扎国王感到不适,他假装看不见这个他庇佑了几个月的男人。同样,他也让莫西尼奥·德·阿尔布开克觉得碍眼。他叫停了给地方酋长分发战利品的庆功会——他们曾协助军队,参与进攻特沙伊米提。葡萄牙长官对囚犯说:

"挑三个吧。"

两人都清楚协商的内容。齐沙沙的脸微微示意,指定了留下陪他的女人。莫西尼奥会将剩下的妻子分配给盟军的首领。

这时他们登上三桅船，也就是葡萄牙口中的"卡佩罗号护航舰"。很快加扎国王和他的朝臣就陷入恐慌。他们只知道河流是进入大海的通道。那段旅程因而成了最为致命的僭越。对那群人而言，大海是禁地，没有姓名，没有归属。他们哭着上船，好似被判处了死刑。

葡萄牙人在甲板上像在自己的家乡一样自在。他们竖起剑，向他们的国王高呼万岁。岸上，不可计数的战士们也竖起矛，齐声回应道："拜耶特！"没人能分清他们致敬的是哪个国王。

莫西尼奥观察着瘫在角落的贡古尼亚内，下令不要马上发动引擎。他走向船头，摆出一副骑马的姿态。成千上万的士兵深受触动，唱起响亮的军歌。唱完颂歌，他们又对自己膜拜多年的国王贡古尼亚内，发起一阵狂轰滥炸的羞辱。莫西尼奥·德·阿尔布开克享受着辉煌的胜利。他向军队宣布，加扎王国已经走到尽头。

船顺流而下。船员警惕地留意着可能阻碍行程的意外，希望可以迅速而顺利地返程。莫西尼奥来到我身边，过了片刻，他问我会不会说葡语。

"我在学。"我回答说。

他笑了，好像我的回答再次表明了我们民族的驯服。船长走过来，行了个礼，接着递给葡萄牙人一张纸条。他解释说："三天前，洛伦索·马贵斯的最高指挥部发来这封电报。"

莫西尼奥·德·阿尔布开克冲我笑了笑，从口袋里掏出他的单目镜："让我们来看看，你救了我的视力是为了一个好消息还是坏消息。"

他沉默地读完纸上的内容，摇头叹息：这甚至算不上是一则消息。他把电报还给船长，下令召集军官。等到所有人到场后，上尉说他将宣读洛伦索·马贵斯下达的指令。大家都以为那是针对特沙伊米提的胜利发来的贺电。"这么快就有回应了吗？"有人按捺不住地问。莫西尼奥克制的宣读让众人大为震惊：

莫西尼奥·德·阿尔布开克上尉先生：

我们不建议您把我们的军队置于惨败的险境，使我方迄今为止在道德和政治上取得的胜利化为乌有。阁下应该即刻停止进攻加扎国王的卡拉尔。

莫桑比克代理总督，科雷亚·兰萨参谋长签署

短暂的沉默过后，军官们集体爆发出一阵大笑。在那种狂喜中，连不明所以的恩昆昆哈内也因为共情，露出了腼腆的微笑。

我避开人群和并不属于我的欢乐，一个人坐在船舷上。有关未来的迷茫撕扯着我的灵魂，这并不奇怪。但我那时全然由往事构成。我任由河流没过我的眼睛。我的亲人逐一在面前经过，或生或死，还有那些我住过的地方，那些我爱的人。我最怀念的是热尔马诺·德·梅洛。我想：就算我再也见不到他，那个男人现在就活在我身上。我轻轻抚摸着小腹，好像在触碰住在里面的人。我触碰着那个即将降生的孩子，触碰我失去的母亲。我的手在缝合时间的丝线。

那艘船上不光载着不同的人，还有冲突的世界。恩昆昆哈内的女人阴郁的目光在我和齐沙沙的妻子们之间流转。

两个王者无视对方。他们展现出截然不同的形象，齐沙沙和恩昆昆哈内。前者坐在船索上，身板直立，好似坐在临时的宝座上。加扎国王则披着毯子，蜷起身子，一副落败的样子。突然，齐沙沙指着云彩对恩昆昆哈内说："别看那些让你犯晕的水了。看看天空吧，穆顿卡齐。"

国王充耳不闻。但齐沙沙将双手举过头顶，不断挥动，坚持让他看看天空。只有我注意到他说话时笑容里的复仇意味："看看天上飞着多少燕子。"

燕子让齐沙沙成功羞辱了背叛他的人。但我无须和世界算账。因此我

继续放空，任由冲上甲板的浪花溅在身上。河道变宽，河水也愈发汹涌。到处浮动着马尾藻组成的小岛，上面停着优雅而灵巧的水鹭。也许我也是一只白鹭，而我们的船就是马尾藻，把我带向未知的命运。船只缓缓驶向禽鸟，后者忙于在浮动的栖息地上保持平衡，没有受到船只的惊扰。

突然，一个葡萄牙人从船上探出身子，用剑一劈，砍下离他最近的那只水鹭的脑袋。禽鸟的脑袋连着脖子在空中翻滚，落在甲板上，像一条痛苦的蛇在我们跟前挣扎。喷出的鲜血溅在我的胸上。我连忙用卡布拉娜的衣角擦拭。齐沙沙提醒我说：

"你的矛上在滴血。"

我花了好久才理解他说的是我挂在脖子上的吊坠。鲜血顺着我的脖子往下流，就像是我自己在流血。随后，一阵海浪冲上甲板，劈头盖脸地淋了我一身水。那是河水在濯洗我。一个水手扔给我一块布，让我擦干身体。我缓缓擦拭着，好像我的身体如身后的土地一般辽阔。但我没有擦干小腹。我的体内诞生了一条河，而外面最后一条河正在流尽。两条河，不加触碰，相互告别。

一切都始于一声告别。